頑張ったやん

真っ暗なトンネルを走り続けて光を見た

長野千代美
Chiyomi Nagano

文芸社

プロローグ

「なんで、こんな目に遭わなあかんねん」

痛くて、痛くて、体中がビリビリと裂けていく――。間断なく襲ってくる痛みにベッドの手摺りを握りしめて耐えながら、ひたすら念じるのはたとえ麻痺してもいい、車椅子になってもいい、とにかく寝たきりになりたくない。ただそれだけだった。

二〇〇〇年の十二月から翌年にかけての一年間に、私が受けた手術は四回にもなる。頸椎の椎間板ヘルニアと、三回に及ぶ腰椎の手術である。五十半ばに差しかかって、こんな試練に突然襲われるなんて思いもしなかった。なんとか社会復帰したい、その一念で四回の手術を決断したのだが、それに続くリハビリという自分との闘いは、来る日も来る日も続いた。

そうして長いトンネルをなんとか抜け出た今、私にもようやくささやかな平穏が訪れてくれた。

きつい闘病生活を思い返すと、静かに安らげる今とのあまりの落差に一瞬、胸が締めつけられる。

「頑張ったやん」

情けない姿でベッドに横たわっていた自分が愛しくなって、つい、こんな言葉が口を衝いて出てしまう。頑張った、かつての自分自身を、誉めてあげたくなるのだ。

病魔との闘いと入院生活は、私の人生の大きな岐路だった。今こうして無事に生きていることを医師や家族や、友人たちに感謝しつつ、私は今日までのことをこの本に書き残そうと思う。

あの日々はほんとうに辛かったけれど、初めて知ったこと、あらためて気付かされたこともたくさんある。一年に四回に及んだ手術を乗り越え、こうして私が今あるのは、心から信頼できる医師に出会えたおかげである。とは言え、医師を信頼するとはどういうことか、その、そもそもから考えさせられた。単に人柄や技術で、頼れる医師を見つければいいというものではない。医療を受けるのは決して受け身では済まないのだ。自分から積極的に納得いくまで説明を求め、医師といい関係を築くために努力しなければならない。それをつくづく痛感したものである。主治医に身を委ね、手術を受けると「承諾」するのは、「自分がその選択に責任を持つ」ということなのだ。もし主治医に対して少しでも不信感が過《よ》ぎっていたら、私は手術の提案を唯々諾々と受け入れなかったと思う。

いわゆるインフォームド・コンセントというものがいかに大切であるか。私はこの一連の手術を受ける十五年前になるが、危うく医療過誤の被害者になりかけるという、手痛い経験をして思い知らされていた。このときは、途中から替わった別の医師に、「あなた自身が病院を変わる決断をしなかったら、半身不随になっていた」と後から言われたものである。自分で自分を救った、ぎりぎり助かったというきつい体験をしたおかげで、以来、患者としての自分の疑問をお腹にためておかずに、なんでもためらわず医師にぶつける、というようになったのだと思う。遠慮なしに質問して、ちゃんと答えをもらう。その積み重ねによって、医師との間に信頼関係を築いてこれたのだが、私にとって何より重要なこの「信頼」がなければ、なんの決断もできず、闘病の日々はとてもしのげなかったと思う。

そしてもうひとつ、私を支えてくれたのは、社会復帰への強い意欲と、周囲の人々の温かい励ましだった。辛いリハビリに明け暮れる病棟で、私よりもはるかに高齢の方々が回復を目指して励む姿に、どれだけ教えられたことだろう。どの表情にも、一日も早く元の生活に戻りたいという、ひたむきな熱い思いが滲んでいた。高齢者の方々の、そんな有言無言の教えに導かれ、私も子どもたちや孫たちの顔を思い浮かべては、社会復帰への思いを日に日に強めていった。リハビリ棟の経験はまた、私自身の未来へのイメージも抱かせてくれた。少しでも力のある今のうちに、病気や老いを迎え討つ「心」を養えたら、いざというときにうまく闘えるのではないかと思ったものである。

私は今も病気と縁が切れたわけではない。病気とは明るくしたたかに付き合っていこうと思っているが、こんな私の闘病体験でも病気を抱えておられる方や、手術をすべきかどうか迷っている方の参考になるのではないだろうか。なかには、どうしても遠慮が先に立って、医師に聞きたいことも聞けずに、悶々と悩んでおられる方も多いと思う。そんな方に向かって、「先生に聞くのはいけないことでもなんでもないのよ、自分の身は自分で守る責任があるのよ」と言ってあげたい。大丈夫、勇気を出して、とその背中をぽんと押してあげられたら——。そして、病気だけでなく、様々な岐路に立って迷っている人が、私の話から何かを感じ取ってくれたら、ほんとうに嬉しい。

みなさんの心の中の霧がパーッと晴れて、元気の「気」がすみずみまで満ちていきますように。心からそう願っている。

目次

第一章　先生、絶対におかしいやん！

失神するほど凄まじい激痛

一連の手術の顛末を書き始める前に、どうしても書いておかなければならないことがある。それは一九八五年に、頸椎（首の骨）の椎間板ヘルニアの手術を受けた経緯だ。この経験が、私に医師とどう向き合うべきかを教えてくれた。いわば本書を書くことになった原点だからである。

今も鮮明に覚えている。一九八五年の秋のこと。少し前に突然起きた両手のしびれは、次第に痛みに取って代わっていた。その痛みは、まるで氷水の中に手を突っ込んでいるように冷感を帯びていた。手袋を二枚重ねにしても、湯船で温めても、手の温感は全く戻らなかった。強くなるばかりの痛みをこらえながら、私はその夜は早々と布団を被って寝てしまった。

その夜中のこと。突如全身に激しい痛みが来て、私はハッと目覚めた。無意識に起き上がろうとしたが、次の拍子にまるで電流を流したような痛みがツーンと走っていった。その衝撃は凄まじいもので、そのままベッドの中で失神してしまった。

ふと気が付いて、首を持ち上げようとしたが、激しい痛みにまた襲われた。動こうとすると失神しそうになるので、自力では起き上がることができない。どうしようもなくてじっとしていると、当時大学生だった長女が廊下をこちらに来る気配がした。深夜試験勉強のために起きていたらしく、まさに天の助けだった。

私はベッド脇の手の届くところにあった分厚い灰皿を取り、ドアを目がけて精一杯の力で投げつけてみた。

すぐに娘は気が付いて、私の部屋のドアを開けた。

「なんや、どうしたん」

「痛い……。救急車を……」

しかし、私はそこでまたもや失神してしまっていた。それを見て慌てた娘はすぐさま電話のところへ走り、救急車を呼んでくれたという。

気が付くと救急隊員が到着して私を担架に乗せようとするのだが、私が「痛い、痛い」を連発するので、彼らの手はそのたびに止まってしまった。すぐさま命に別状はないらしいとわかったようで、移動は急がされなかった。

ベッドに接して担架が用意されたが、激痛のあまりわずかの移動すら私はできないのである。

「もう、自力で乗ってもらうしかあらへんな」

少し触っただけでも痛がるので、救急隊員は私自身の移動に任せるしかなかった。同じ痛みでも、人に触られるほうがよほど痛く感じる。結局は自分でいざって、なんとかベッドから担架に移るしかなかった。

その間三十分はかかったらしいが、私にはそれ以上の長さに感じられた。一ミリずつ体をずらしていくというような、長い長い移動の時間だった。一生懸命に力を振り絞っているのにほんの少ししか担架への距離は縮まらない。最後はもうここで気を失ってもいいという覚悟で、清水の舞台ならぬ、自分のベッドから担架にゴロッと転がり落ちて、そのまま失神してしまった。

担架で運ばれるときも、少し揺れるたびに痛みがじんじんと広がった。

「痛い、歩かないで」

私が呻くので、救急隊員はここでも当惑していたという。

なんとか救急車に乗せられたものの、こんどは救急車の震動が私の痛みを倍加させた。

「ゆっくり、ゆっくり走って……」

ピーポーという音程も間が抜けるほどになるまで救急車はやむなく速度を落とした。しかし、それでもなお、私は必死に何度も救急隊員に速度を落としてくれと言い続けた。

後になってこそ、

「ゆっくり走る救急車なんて、あるんかなあ」

娘と思いきり笑い合ったがそれほど痛かったのだ。

救急車はようやくM病院に着いた。私はまた何度か意識を失ったようで、気が付くと救急外来の診察室で当直医に診察してもらうところだった。

「いつから痛かったの」

「痛み出したのはここ一週間ぐらいです」

医師は首の辺りを手際よく見てから、すぐに痛み止めの注射を打ってくれた。

「これで大丈夫だから」

そう言って、医師はカルテに何やら書き込み始めた。私は期待しながら痛みが遠退くのを待った。だが、しばらくしても、自分ではちっとも効いたようには感じられなかった。

「もう帰っていいよ。明日また来て」

三十代と思われるその当直医は、早く帰りなさいと言わんばかりの口調でそう言う。まさか、こんな一人で起きることもできない自分に「帰れ」と言うわけはない。私は一瞬、だれに言っているのかと、耳を疑った。

「ええっ、お母さん、どうするの」

娘も不安そうに私の顔を見て、小声で囁いた。

「起きられへんし、痛みも楽にならへん」

ぼそぼそと娘に訴えているところに、診察に立ち会っていた看護師さんがやって来た。ほかの看護師さんと一緒に、ゆっくりと私をストレッチャーに移動させる。痛がる私を気遣いながらうまく移動を終えて、気の毒そうな表情で私に囁いた。

「こんなんで帰られへんよね」

そうして、当直の医師が出ていくのを確認してから、

「救急室の一番奥のベッドやったら、カーテン閉めといたらわからへんから」

病院に今晩こっそり私を置いてくれると言うのである。

「先生、何考えてんやろ」

しきりに呟きながら、ほかの看護師さんと一緒にゆっくりストレッチャーを押していった。救急室に着くと、ていねいに私の体を奥のベッドへと移してくれた。

痛み止めは効かなくても、病院にいられるというだけで私はかなりほっとした。どうにかなったときにはすぐになんとかしてもらえると思って、痛いながらもようやく気分は落ち着いてきた。

「それにしても、当直の先生と看護師さんの関係はどうなっているんだろう」

痛みのさなかでそんな考えがちらっと過ぎった。まんじりともできない私を心配しながら、娘はベッド脇の椅子でその晩ずっと付き添ってくれた。

翌朝、私は娘と看護師さんに付き添われて外来の診察室へ向かった。両脇を支えられていても、途中で何度も激痛でその場に崩折れるので、思うように前へ進めない。おまけに途中でトイレに行きたくなって、仕方なく挑むような気持ちで一人で入ってみることにした。ところが何かの拍子に神経に響いて、たちまちトイレの中で失神してしまった。

娘が何度も叫ぶ声で気が付いた。慌てて立ち上がったものの、ちゃんと排尿したのかどうかさえ、自分でもよくわからなかった。

どうやら診察室に辿りついて、昨夜の医師にまた診察を受けた。少し検査を要するということで、この日は結局一日の入院許可が下りた。頸椎に造影剤を入れるという、全く初めての検査だが、これはとても辛かった。もともとの全身の痛さの上に、ズキンとした鈍い頭痛までもが加わった。泣きたいぐらいだったが、痛みを和らげる措置を受けながら、最後まで一通りの検査を頑張り抜いて受けた。

そして翌日、担当医は自分の役目はこれで終わったというように、

「悪いところ、どこもないよ。痛み止めを飲んで、座薬を入れてじっとしていればよくなるから」

きっぱりと言い放った。そして、もうその日のうちに退院するようにと言うのである。

「ほんまやろか」

これ以上は置いてもらえそうもなかった。薬を飲んでいれば楽になるという言葉を信じるほかはない。私は娘に付き添われて、ゆっくり壁を伝い歩きをしていき、病院の前からタクシーを拾った。

「ゆっくりな、頼むで」

ここでもまた震動のたびに痛みが増すので、運転手さんによく頼んだ。普通なら十分ぐらいで着く家までの道のりを、スピードを目一杯落としてもらい、四十分かけて家に着いた。この運転手さんはとても親切に対応してくれて、感じのいい方だったので、次の通院のときにまた頼もうと、ここはしっかりと名刺をいただいておいた。

家に着き、壁伝いに亀のように歩いて、やっと部屋に落ち着いた。治療らしいこともされず言われたとおりに座薬に飲み薬を併用して、ひたすら痛みが治まるのを待った。だが、痛みは薄皮一枚を剥いだ程度にしかよくはならなかった。しかも、薬は六時間を空けてからしか次の服用はできないことになっている。少し効いたかと思うまもなく、効き目が切れてしまうので、まだか、まだかと時計の針ばかりを見て過ごした。とても時間が長く感じられ、まるで時計と闘っているかのようだった。

こんな日が何日も何日も続いた。

さながら死人の手

一カ月ぐらいして、痛みは幾分和らいできたかと思えるようになった。けれども、両手の握力がぐんと落ちてしまい、ことに左手は鉛筆すらも持てなくなった。どういうわけか、痛みが薄らいだ分、こんどはしびれのほうが日増しに強くなっていった。それに妙なことに、一日に数回、手の色が紫色になるのだ。さながら死人の手のようだ。私はこれは明らかに変だと思った。素人ながら、これはただ事ではないという嫌な予感が走った。

私はすぐにあのときのタクシーを呼んで、三たびM病院を受診することにした。

これまでの自分の経過について、私はありのままに担当医に説明した。ところが、その担当医は、気分を害したような態度で、

「大丈夫だって言ったやろう！　入院までして調べたんやないか」

横柄な口調で言うのである。

「でもね、先生、私の手を見てください。こんな鉛筆かて持てなくなってるんです」

手の握力がなくなり、日に何度も手の色が紫になると必死になって訴えるのだが、担当

医のほうは、つっけんどんに、大丈夫と繰り返すばかりだった。

せめて、握力を調べてみようかとでも言ってほしかった。詳しい知識があるわけもない私は、もしやどこかに腫瘍ができているのではないかと疑い、不安でならなかった。もっとよく調べてほしいという一心で、私はなおも必死で食い下がった。

「どんどん悪くなってるとしか私には思えない。整形じゃないんやったら、内科でもいい。とにかく紹介してもらいたいんです」

「だから、さっきから言うてるやろ、痛み止めを飲んでたら治るって」

その一点張りの返事にとうとう私は切れた。普段はかなり忍耐強いと自負していたが、堪忍袋の緒が伸びるだけ伸びてプッツンと音を立てて切れたのだ。

「わかりました。もういいです。そのかわり、レントゲンをください」

私は捨てぜりふを吐いて、こわばった顔付きのまま診察室を出た。よほどすごい形相だったのか、診察室から出たとき、待合いロビーの患者さんが一斉に私のほうを見た。私の後をすぐ追うように、今まで立ち会っていた看護師さんが駆け寄ってきた。

「このままだと悪くなる一方だから、やっぱり病院を変えたほうがいい」

そう言って、私のレントゲン写真の一揃いを申しわけなさそうに持たせてくれたのだった。

そのまま表玄関からタクシーでS病院へと急いだ。だが、着いてみるとS病院の受付の若い女性は、私が痛そうにロビーを歩く様子を見て、自分のところではだめだと言った。

「うちでは入院までに六カ月ぐらいかかるから。その状態だったら他の病院のほうがいいですよ。今だったらまだ、そこの診察時間に間に合うから」

と、国立大阪病院に行くようにと勧めてくれた。とても親切な人で、言葉だけでなく、タクシーの乗り場まで一緒に付いてきて、私がタクシーに乗るまで気遣ってくれた。

「揺らさないでください。急いで行ってください」

自分でも矛盾していると思いながら、揺れると痛いので、そんなわけのわからないことを口走っていた。

国立大阪病院の整形外科に駆けつけると、ぎりぎり診察時間に間に合った。

「どうして病院を変えるんや」

すぐに四十歳後半かと思われるO先生に、ていねいに診てもらえた。先生は、やさしさ

の中にも、幾分厳しい口調で、

「病院にかかってたんやろう」

とレントゲンの封筒を見ながら、怪訝《けげん》そうに言った。

「かかってました」

「どうして病院を変えるんや」

その声には、私を咎めるような若干のニュアンスがあった。

「先生、これを見てください。これでなんでもない、治るって言われたんです」

私は自分の左手を右手でO先生に指し示した。

「信じられますか。私、自分の判断でここへ来ました。こんなままにしてたらだめになると思ったから来ました。助けてください」

O先生は私の左手を見るなり真顔になって、

「もう血流も止まりかけている。状態が悪いから、すぐ入院して手術しないといけない」

と言った。素人の私の勘は当たったのだ。このときM病院の医師を恨むよりも、ほっと肩の力が抜けて、頬が緩んでいくのが自分でもわかった。

さっそく入院とはいうものの、あいにく病室のベッドが全部ふさがっていた。一刻を争うというので、とりあえず小児病棟に入れてもらうことになった。

「ちょっと子どもさんがにぎやかかもしれませんが、大丈夫ですか」

病室へ向かいながら、看護師さんは心配して聞いてくれる。

「子どもは仕事でいつも一緒だから、そんなんなんともないわ」

緊張も解けた私は思わず微笑んだ。

あらためて持ってきたレントゲン写真をみていたが、先生はそれを見てもどうもわかりにくいという様子だった。もう一度、造影剤を入れて撮りたいと言うので了解した。

前のときは機械だけの部屋に私一人という状態だったのだが、今回は痛み止めの点滴を入れながら造影剤を使い、先生も一緒に撮影室に入ってくれている。造影剤を副作用のないものに変えてもらったので、検査中に前のときのような頭痛も全く起きなかった。

先生は私の体を曲げたり、横向きにして押さえたりしながら、首の後ろ辺りの写りにくい箇所をなんとか鮮明に撮ろうといろいろと工夫をしていた。

そうして撮ったフィルムができてみると、

「これでなんともないと言ったんか」

と、フィルムを電光にかざしながら、自ら納得したように先生は言った。ここに来てやっと、痛みやしびれの原因が、頸椎（首の骨）の六番目と七番目の椎間板ヘルニアにあることが判明したのだ。

どんな立派な検査機械があっても、結局は人間がそれを使いこなせなければ宝の持ち腐れなのだということを、このとき私はつくづく思った。痛みの原因がはっきりしたのと、自分の訴えが先生にきちんと理解されたことが、何よりもとても嬉しかった。

この夜はホッとしたせいもあるのか、痛み止めを使って久しぶりに私はよく眠れた。こうして、救急車で運ばれた日からなんと一カ月以上を経て、やっと痛みの原因がわかり、手術が行われることになったのである。

「首の前から切るからね」

先生は手術前の説明でそんなことを言った。

「なんで」

「後ろは神経がいっぱい通っているから、傷付けたら大変だからね。きれいに切って、後に傷が残らないように気を付けるから」

いつも忙しそうなO先生は決して言葉数は多くない。しかし、少ない言葉でもそこにいつも温かみが感じられた。だから先生の傷跡への配慮の言葉も、そのときの私はもうどうでもいいという心境で聞いていた。もう欲も何もなかった。ただ一刻も早く、この執拗な痛みやしびれから解放されたいだけだった。

そしていよいよ手術。麻酔から覚めてみると、ベッドで頭部を固定された私はまさに身動きひとつできない状態になった。しかも、その状態が一カ月も続いたのである。今思い出しても地獄さながらの毎日だった。

地獄の「ツタンカーメン」

私の頭のぐるりには頭部を覆うベージュの器物が置かれていた。ツタンカーメンの黄金の仮面のような感じである。そして顔の両側には砂嚢《さのう》が積まれ、首はびくとも動かないように固定されてしまった。来る日も来る日も、そんな状態で過ごさなければならなかった。ツタンカーメンの像が、目だけをキョロキョロ動かしている、まさにそんな格好なのだった。

毎日毎日、天井だけ、ただそれだけを見つめているしかない日々の繰り返し。拷問でも一番きついのは、単調な行為の繰り返しだと聞いたことがある。次第に私の精神は鬱々と追い込まれていった。そして、ある日とうとう、キレてしまった。身に付けていた布団や点滴などをすべて放り投げて、素っ裸になってしまったのだ。

それが二月の真夜中だったので、寒さにガタガタ震えることになった。歯の根が合わずにカチカチと音がしたために周りの人がすぐに気付いて、慌ててナースコールをしてくれた。

「何してるの！」

飛び込んできた看護師さんに怖い目で怒られた。自分でもなぜそんなことをしたのか、わからない。こんなめちゃくちゃな振る舞いをするほど、とにかく耐え難かったのだ。

とは言え、いい年をしてと反省した私は、次の日からは昼間は寝て夜は迷惑をかけないように起きていようと心に決めた。だが、すっかり油断のならない要注意人物ということになってしまい、結局、次の晩からはベッドごと紐で括られてしまった。あまりに情けない始末だった。

「寝なさいね」

看護師さんは消灯時間が来るたびに、私に必ずこう念押しをした。

そんな私をかわいそうに思ってくれたのだろう、ある日先生が、同室の患者さんに場所を替えてくれるように交渉してくれたのである。それまでは通路側の何も見えないところに寝ていたのだが、明るい窓際に移れることになったのだ。

「ほら、これならいいだろう」

その位置からは手鏡で大阪城が見えた。それから毎日、大阪城を手鏡の中に見て私は過ごした。視界が広がっただけでも、ずいぶんストレスは解消した。

同室の方々や看護師さんたちには、とんだご迷惑をかけてしまった。けれども先生と同室の患者さんの温かいお心遣いで、この窮地をなんとか乗り越えることができたのだ。配慮してくれた先生と、快く場所を替えてくれた患者さんに、私は何度もお礼を言ったものである。

手術の傷は先生の言われたとおり、わからないほどきれいに治った。二カ月後にはコルセットを付けたままではあるが、私は晴れて退院することになった。

そのとき、

「あなたは自分の体を自分で救ったんだ。疑問に思ったときに、すぐに行動に移した。それで救われたんだよ。あのままだと、腕も壊死して切り落とさないといけなかったし、下半身も麻痺するところだった」

先生は、私にそうはっきりと言われたのだ。

先生のこの言葉は、鮮烈な記憶としてしっかり私の中に残った。いくら医療が高度になっても、やっぱり医師も人間である。信頼できないと思ったら、盲従などしないできっぱりと病院や医師を替えるべきだ。それができないと自分の命は守れないとつくづく思った。

この経験のおかげで、それまで深く考えたこともないインフォームド・コンセントというものを、私は初めて真剣に考えた。医者が症状を説明してくれても話し合っても、納得できなかったりいい加減な答えしか返らないときは、見切りを付ける勇気も必要だ。流れに任せていてはいけない。ちょっと立ち止まって、選択するのはいつも自分だと思うこと。そして、逆に信頼できるとなったら、すべてを信じて任せていくのが私の流儀になった。

O先生は本当に素晴らしい方で、病院が休みの日でも、動けない私をいつも励ましに来てくれた。出張などのときには、ちゃんと連絡が付くということを教えておいてくれる。医師が側にいなくても、何かあれば連絡が取れる。そう知らされることで、どれだけ患者は安心し、また、医師への信頼を強めることになるだろうか。患者の気持ちはこんな少しのことでも落ち込んだり、逆に明るくなったりもするのだ。

そしてこの経験は十五年後、一年に四回の手術をするはめになった私のバックボーンとして、そっくりそのまま生きてくるのだ。

第二章　再びの悪夢

「先生、手術に自信ある？」

二十一世紀へのカウントダウンが始まった二〇〇〇年の秋のこと。十五年ぶりにまた、両手のしびれと痛みが始まった。頚椎の椎間板ヘルニアで手術するにいたったあのときと同じだ――。まさかの悪夢の再現だった。

このころ、私はM病院に地続きに併設されているリハビリセンターで、障害児通園施設の園長をしていた。十五年前の深夜に、全身の激痛に見まわれて救急車で運ばれてきたのもここの病院だったが、幸いなことにあのときの担当医はすでに転出していなかった。

この病院はいわば私のホームグラウンドであり、理学療法士の先生をはじめ、知っている先生方も何人かいた。それらの先生に、それとなく整形外科の先生の評判を聞いてみると、だれもが声を揃えたように勧めるのは、小泉先生だった。

「腕はいい。だけど……あとはフィーリングやな」

十五年前の手術のときのように、動けなくなるほど痛まないうちにと思い、私は十一月の末に、整形外科の小泉先生の外来へ行った。

先生は医者然としたところのない気さくな方だった。見た目の第一印象よりも話をしてみて、その感を深めた。私より十歳以上も年下で、年齢も三十代後半と聞いていたが、想像していたよりもずっと若々しく、初対面からなんとなくフィーリング（？）も合ったようだ。

その先生から、検査の結果、やっぱり頸椎が原因で手術が必要だと告げられた。

「先生、大丈夫？　手術に自信ある？」

私は最初の診察から遠慮なく、単刀直入に質問した。

「まかしとけ」

その言い方には特徴があった。自分の腕への自信がそこかしこにみなぎっている。そのとき私はこの手術を決断した。もし、先生が一瞬でもためらったら、少しでも自信のなさが見て取れたら、手術を受けるのはやめようと思っていた。

この質問は、自分が九分どおり感じ取っていたことへの最終確認だったように思う。それほどこの小泉先生には、お会いしたときから不思議なほど信頼感が持てた。白黒をはっきりと、ぼかすようなところのない話し方に、私は特に好感を持った。十五年前最初にこのM病院で診てもらった医師とは全く違っていた。今回はなんでも聞けるし、聞いたことにきちんと答えをもらえるので信頼できるのだ。あのときとは正反対だった。

こうして、二度目の頸椎手術は二〇〇〇年の十二月六日と決まった。手術と聞いて真っ先に甦るのは、十五年前のベッドに固定されたまま過ごした一カ月間である。あんな苦しみを再び味わうのだろうかと思うと、なんとも憂鬱な気分になった。小泉先生に恐る恐る尋ねてみた。

「どのくらい寝てないといかんの」

「一週間で起きていいよ」

「えーっ！」

一カ月と言われるものと覚悟していた私は、思いがけないあっけらかんとした返事に、つい歓声を上げてしまった。

「医学の進歩はさすがや、すごいな！」

目の前が突然パーッと開けた気分だった。術後の寝たきりの時間がわずか一週間でいいなんて。あの拘束の苦しみを一度経験した私には何よりも嬉しい言葉だった。

前の手術は首の付け根の頸骨六、七番間の椎間板だったが、今回は頸骨の三、四、五と、やや頭の付け根に近い。腸骨を切り取って頸椎の間に入れるのは前と同じだが、今度はチタンの長方形のプレートを入れて、入れた骨がズレないようにビスで骨に止めてしまうそうだ。前より早く起きられるようになるのも、そのおかげだという。

全身麻酔の手術は二度経験済みで、信頼する小泉先生の執刀であり、術後の仰臥の拘束期間も短い。一回目に比べると状況ははるかにいい。しかし実は、この十五年の間に、私は別の新たなリスクを背負い込んでいた。

新たなリスクと離婚

リスクのひとつは狭心症である。

数年前のことだ。職場であるリハビリセンターの二階のスタッフルームで仕事をしていたとき、突然胸が詰まるように苦しくなった。全く初めてのことに私はパニックになりかけた。たまたま向かい側に座っていたリハビリ科の逢坂先生が、こちらを見ていて私の異変にすぐに気付き、慌てて飛んできてくれた。自分の手帳を素早く取り出すと、ドクターの日程表を確認し、すぐに診療室まで駆け下りて行った。

私が手配されたストレッチャーで病棟のほうへ運ばれたときは、すでに心電図の用意ができており、高島先生が待機してくれていた。逢坂先生が、走り回ってくれたおかげで、私は結局そのまま、スムーズに職場からM病院に入院となった。

こんな発作がその後もう一度起きて、カテーテルの検査も合計二度受けた。心臓にカテーテルを入れて見せられたときの映像は、記憶にしっかり焼き付いており、今でもときどき脳裏をかすめる。

この持病があるだけに、ひょっとして手術の最中に何かが起きたら、もうこの世に戻れないかもしれない、という思いがちらついた。前回の手術のときはただ、目の前のことで精一杯で、先のことをあれこれと思い煩う余裕はなかった。今度ばかりはそうもいかない。万一に備えて術前にしておかなければならないこともいくつかあった。

こんな切羽詰まった思いに追い込まれる理由は、狭心症のほかにもうひとつあった。前回の手術の数年後、もう十年前になるが、私は夫と離婚してシングルマザーになっていたのだ。

だから、もしものときには二人の娘たちに事後の処理を頼まなければならなかった。狭心症を抱えているので想像はそこまで行ってしまう。私は大切な書類などのある場所を逐一メモに書き出した。さらに葬式の段取りなども書き記して、全部を仏壇の引き出しにきちんとしまった。

「もし、何かあったら、ここを開けて見てね」

「なんにもあらへん、あらへん」

娘たちは気丈に明るく振る舞い、心配しないでという態度を見せる。自分たちのことよりも、私の気苦労をなくそうとしてくれるのが、なんともいじらしい。顔には努めて出さない娘たちだったが、ずいぶん心配をかけたことと思う。

ただ、前回は大学生だった長女が、このときは結婚してすでに母親になっていた。次女も同じで、二人とも相手に恵まれ幸せに暮らしている。この成長はありがたい。心残りは突き詰めればもう何もない、そんな気持ちだった。

また、前の入院はすでに夫との不協和音が鳴り出していたときで、痛みを抱えて寝ていても夫のことが頭を過ぎり、人知れず神経をすり減らすこともいろいろとあった。それに引き替え今回は、心おきなく病気に専念できるのだから、微妙にプラス、マイナスとんとんである。

「バーバ、早く元気になってね」

孫たちの可愛い励ましも心を慰めてくれた。毎日娘が来てくれるだけではなく、手料理を持って見舞ってくれる、娘の嫁ぎ先の義母の存在も心強くありがたかった。花の好きな私には、知人や友人から持ち込まれた見舞いの花がいつも途切れることはなく、それらの思いやりがいつも私のベッド周りを明るくしてくれていた。

病気をしながらも、

「なんて私は幸せなんだろう」

と思う。肉親や友人たちに支えられているから、手術や困難に耐え得る精神力を養っていけたのだろう。病気は自分ではどうしようもないもので、信頼した先生に任せるのが一番だが、術後に回復へと向かって頑張るのは常に自分である。度重なる手術のたびに、なんとか頑張っている自分を励ましてくれる人たちに恵まれて、私はしみじみありがたかった。

こうして、二度目の頸椎の手術は七時間をかけて、幸い順調に終わった。麻酔から覚めたとき、さすがに心配そうな娘たちの顔が真っ先に見えた。こちらはまだ朦朧としているので、その娘たちがいつ帰ったのかはわからなかった。

ふっと喉がつまりそうになって目覚めると、枕元にはだれもいなかった。もう夜中なのだと思う。咄嗟にナースコールを左手で探ろうとした。

左手が動かない、なぜ、なぜ

「ええっ、嘘、嘘……」

全くというほど左手が動かないのだ。まさかと思いつつ試みるがナースコールがやっぱり押せない。

「神経が切断されたわけじゃないよね」

「治る、きっと治る」

焦る自分に言い聞かせながら、看護師さんの入室を今か、今かと待っていた。手術直後なので、短い間隔で何度も見に来てくれる。まもなく、看護師さんが入ってきてくれたので、さっそく異変を訴えた。

「手が動かない」

「ええーっ」

看護師さんは慌てた様子で病室を飛び出していった。私はまたいつのまにか眠りに落ちていた。

だいぶ時がたった。明け方近くになるのを待っていたのだろうか、看護師さんが先生に連絡したことを私に伝えに来てくれた。そしてまもなく小泉先生とリハビリ科の逢坂先生が、心配そうな様子で飛び込んできた。

「手が動かないんやて！」

手術の翌日にもかかわらず、手術前のようにまた、ＣＴやＭＲＩの検査が始まることになった。私をベッドからシーツごと検査台に移すたびに、五、六人の男性があちこちから駆り出されてくる。

「もっと痩せてれば、こんなに人手が要らんのになあ」

このときばかりは、体重の重さをつくづく悔やんだ。大騒ぎの末にやっと検査が終わると、昼前にはもうデータが全部揃った、と言いながら小泉先生が入ってきた。先生の姿を

見た私は開口一番、

「先生、手術、失敗したん？」

　失礼も顧みず聞いてみた。

「手術は間違いなく成功してるよ。どこにも異常は見られない。たまに起きると言われている神経症のようだから、今日からリハビリを始めよう」

だんだん治ってくるから頑張るように、と先生は励ましてくれ、後で理学療法士を寄こすからと言う。小泉先生のこの言葉で私もやっと気を取り直した。手術の失敗でないなら、絶対に頑張って元に戻そう。子どもたちには決して心配をさせないように、いつも希望を持たないと、と強く思った。

　こうして、術後の傷の痛みもまだ生々しいうちから、私のリハビリは待ったなしで始まることになった。

　左手の感覚は、指から肩までが自転車のチューブでぐるぐる巻かれているような感じである。まるで自分のものでない腕が、ぶらんとぶら下がっているようなのだ。左手でほんの少しだけ動くのは、人差し指だけだった。その指を使って、蓑虫のように胸の上を少しずつ這わせていきながら、私は右手で左手を掴んでは動かしてみる。けれども、自分の手という感じが全くせず、それから先の動かし方がよくわからない。

そこへさっそく、理学療法士の浜崎先生が診に来てくれた。先生は、まず、私の腕を伸ばしたり曲げたりした。

「反対方向に押し返してみて」

そう言って、一生懸命に私の腕に抵抗を与えながら、動かし方を指示してくれる。私はまだよく呑み込めないながらも、期待に応えようと頑張って、指示されるままに動かした。そうするうちに、だんだんどう動かせばいいのかが、少しずつ私にもわかるようになってきた。

こんなリハビリを毎日続けるうちに効果は徐々に現れてきた。初めは蓑虫のように這うだけだった指も、いつのまにかパジャマの前ボタンまで、苦もなく持ってこられるようになった。

毎日、毎日このリハビリに励んだ。だれも病室にいないときなどは、声に出して、

「よっしゃ、頑張るぞ！」

と気合いを入れた。小中高校生のころはどちらかといえば体育会系だったので、こういう段になると、私は俄然エンジンがかかった。ちなみに、得意分野は器械体操と陸上で、

中でも砲丸投げでは大きな大会にも出場したことがあった。投げるたびに自己の記録を塗り替えて、重い砲丸を宙に軽々と飛ばしていた私だったのに、今は鉛筆一本持てなくなっている。人生はほんとうにわからない。

術後一週間で起き上がれるようになった。介助されながら立ってみたものの、左手は脳を患って半身不随になった人のように、まだだらりと肩から重くぶら下がっていた。何をするにも邪魔という具合なので、娘にパジャマの裾を結わえてもらって、そこをポケットのようにして左手首を入れておくことにした。こうすると、車椅子で移動するときに便利なばかりか、不思議と痛みも出ないのだった。

術後はずうっと頭の両脇に砂嚢を置いて、まるで穴の中に頭を入れたような格好で寝る。起きるときはコルセットを付けなくてはならないので、どうしても、そのつど看護師さんの手を煩わせてしまうことになる。実はこれが私には苦痛なので、後頭部のコルセットは付けたままで寝るようにした。そうすれば、前のコルセットは自分で装着して起きることができるので、人の手を煩わせずに済んだ。その分、寝るときはうっとうしいのだが、多少の寝心地の悪さなど、この際はもう諦めることにした。

こんな具合に、コルセットを付けたままの生活はおよそ二カ月間続いた。日常はもう何をするにも、常に顎までが固定されてしまっている。

リハビリをするときもこのままで行う。風呂に入るときだけは、別のコルセットを病棟から借りて、看護師さんに付けてもらって髪を洗う。

こんな入院生活の中で、いつのまにかクリスマスがやってきて、正月を迎えた。廊下に出ると、窓からMガーデンの大きなクリスマスツリーや、教会や商店などのイルミネーションがきらきらと見えた。いつも大して変化のない病室にいて、ふと寂しく思うとき、車椅子を止めてはそれらを眺め、暫《しば》し心を和ませてもらった。クリスマスのときはツリー、正月には松や竹をあしらった花がベッド際の壁に飾られた。家族や友だちもいろいろなものを持ってきては飾ってくれた。これらの心遣いのひとつひとつが、不自由な身の私にはとても嬉しかった。

正月の三が日は、私の大好きなお餅が、お雑煮としてまだ温かいうちに運ばれてきた。娘もおせち料理を持ってきてくれて、一緒に楽しく食べた。病室の人たちはみんな一時帰宅をしており、私ともう一人のおばあちゃんだけの静かな正月だった。病院全体の入院患者も少ないようで、物音もほとんどしない。いつものように看護師さんの話し声や動き回る音もなく、寂しいぐらいだった。

「暮れは家で、正月は妻の実家にいるけど、何かあったらいつでも連絡できるようにしてあるから、心配要らないよ。二時間で帰ってこられるからね」

病院が年末から休みに入るといって、小泉先生が挨拶に来てくれた。それはまるで恋人からの言葉のように嬉しくて、ホッと心が安らいだ。術後まだまもないので、やはり医師の不在は心理的にもかなり響くのだと感じた。連絡は取れるのか、携帯の電波の届くところにいるのかなどと、盛んに気になるのは、体と同じく心のほうも弱くなっているからなのだろう。先生のほうから具体的な居場所と、交通の所要時間まで言ってもらえて、どれほど心強く、ありがたかったことだろう。

医師には説明する責任と義務がある

入院してからというもの、毎日いろいろな出来事に遭遇しながら、私はインフォームド・コンセントというものについて、そのつど、具体的に考えさせられた。医師には、患者の気持ちを考えながら、わかりやすく説明する義務がある一方、患者にはその説明をよく理解し、納得した上で選択する責任がある。言葉にすると当たり前のように感じられるけれど、双方が果たさなければならない義務と責任なのだと思う。

ところが、現実の中では、まだまだこれがないがしろにされているのではないだろうか。周りの患者さんたちの話を聞かされるたびに、そう思わされることが何度かあった。

私の場合は、先生につい説明を聞きそこなった、ということがないように、自分の聞きたいことは逐一メモをして、先生に時間をいただいて説明してもらうようにしていた。痛みの箇所は、しっかりとこれも図に書いておき、明確にその部位を伝えることにしていた。術前の説明は当然だが、術後の説明を求めるのもやっぱり大切だと思う。ところが、同室の人はこう言うのである。

「あなただから、そんなふうにはっきり聞けるのよ」

「でも、だれでも気にかかること、不安に思ってることはメモを取っておいて、きちんと聞かないとダメだと思うよ」

私はだれに対してもそう言うのだが、返事はとても消極的なニュアンスで返ってくる。

「先生に嫌われたら嫌だし、私たちなんかにはできないよねえ〜」

気が強かろうと弱かろうと、自分の体のことを人任せにしておいていいのだろうか。わからないことはちゃんと聞けばいいのにと私は思う。

入院中にこんなことがあった。同室の人に腎臓を患う人がいて、腎臓にたまった石を砕く処置を終えたばかりのときだった。なんとなく元気なく、しんどそうにぐったりされていたので気になり、

「状態、悪いの？」

そっと尋ねてみた。すると、

「今、階段のところで先生に、〝明日退院だ〟って言われたんです。でも……、こんなにしんどいのにって、私、不安で」

その人は、話し終わるとまた顔を曇らせてしまった。

「それは先生にきちんと説明する責任と、義務があるんじゃない」

どの先生に言われたのか聞いてみると、主治医ではなくて、研修医の先生だという。

「それじゃだめよ。主治医の先生に、きちんと説明を受けなけりゃ」

あまり私が何度も言い、同室の他の人までも盛んに同調するので、その人もだんだん心が動いたようで、それならば聞いてくると、やっと意を決してナースステーションに出かけていった。

しばらくすると先生が現れて、レントゲンの説明が始まった。その後、別室でエコーを

撮りながら説明をするということになり、その人は先生と連れ立って出ていった。

その結果、今日はしんどいという、その人の気持ちに配慮して退院は一日延ばされることになったという。主治医に会う前と説明を聞いた後では、こんなにも違うのかと思ったくらい、その人はとても明るい表情になって帰ってきた。その変化を目の当たりにして、私はつくづく彼女に説明を聞くように説得してよかったと思った。

自分の体のことなのに、今体がどんな状態なのか、どんな治療が進められているのか知らないままにしている人は案外多かった。そんな話をよく耳にしたが、この彼女の例もあったことで私はとても残念に思っていた。

医者の言うことに、ただ、ごもっともと従うだけという人が少なくないようだ。不満や疑問を持つことがあっても、自分たち患者は弱い立場だからはっきり言えない、という人が多い。でもそれはやっぱりおかしいと思う。この彼女のように、自分から勇気を出して聞きに行けば医師は答えてくれるはずだ。患者と医師の信頼関係は自分の力で築けるのだ。答えてくれない医師ならば、早めにそこで見切って別の選択をすることもできる。

「聞いてよかった。今の自分の体の状態もわかったし、今後のことも説明してもらえた」

彼女からは、何度も何度も感謝されたが、インフォームド・コンセントがこんなにも大切なんだとあらためて再確認できて、私のほうこそ彼女にお礼を言いたいぐらいの気持ちだった。

そして、術後一カ月ぐらいたった正月過ぎのことだった。

もう勘弁してほしい

突然、肩から上腕がキリキリと引き裂かれるように痛み出してきた。どうしたことだろう。それからというもの、波のうねりのような痛みが絶え間なく押し寄せるようになった。痛みの原因もさっぱりわからないまま、私はただ必死に声を殺して耐えていた。

だが、何日かたって、すうっとその痛みが治まると、激しく痛んでいた部分のチューブに巻かれた感覚というのも、不思議なことにすっかり消滅していることがわかった。

「そうか、わかった。ぐるぐる巻かれているチューブの感覚が消えていく直前というのは、あんなに痛むものなんや。ああ、まだまだ頑張らなきゃ」

そう決心するものの、何日かして次の部分に痛みが移ると、もう叫びたいほどであった。

「負けへんぞ！」

何度も何度も自分に言い聞かせながら、私はベッドにじっとうずくまり、声を殺してこの痛みに耐えていた。

この激痛が、上腕から始まって手首のほうへと移動していくのだが、その距離はほんの少しだけである。チューブの巻かれた感覚が激痛とともに去ると、今度はその一センチぐらい下方に、痛みの部分が移動していくことになるのだ。引き裂かれるような痛さの、その遅々とした進み具合を考えると、手の先まで移動してついになくなる日はいつなのかと、毎日気が遠くなるような思いだった。こんなことを繰り返しながら、ようやく、最後の手首へと痛みが移っていった。こうしてチューブが剥がれる感覚が、くまなく取れるまでには、なんと二カ月も要したのだった。

ベッド生活が長く続くので、足の筋肉なども徐々に衰えてきていた。そこで、手のリハビリとともに、歩くリハビリも一緒に進めることになった。頸椎に入れるために、右足の腸骨の付け根を取った箇所は人工骨で補っていたが、それが中で動くために、歩いていてふいに、膝折れ状態が起きることがありとても危険だった。しかも、そんなときでさえ両手を突くわけにはいかないので、歩行器なしで歩くことは許可されなかった。とは言え、歩行器を使おうにも左手が使えないために、バランスがうまく取れずかなり往生した。

最初の手術の際に、ヘルニアで神経を圧迫されていた期間が長い箇所ほど、しびれも長く続くということを体験していた。

そして手術から三カ月近くがたった二月の下旬。ようやく退院ということになった。親指に輪ゴムをいっぱい巻いている感じがあるのと、中指、人差し指のしびれはまだ残っていたが、腕の痛みがここまで回復した嬉しさは言葉にならないほど嬉しかった。頸椎に二度もメスを入れたのだから、もう勘弁してほしい、そう心から思っていた。

第三章　愛と暴力　そして愛の基地

「愛し合ってるやん」

長い入院生活を送っていた間には、いろんな物思いにふけったものだ。病気になって入院している自分、傷ついている自分、というものを自ずと癒し力づけようという精神の作用が働くのだろうか。記憶から温かい思い出をたぐり寄せて浸ることが多かった。

二度目の頸椎手術のときは、しきりに亡くなった両親のことが思い出されたものだった。最初の手術の際には福井から二人で見舞いに来てくれたっけ、ベッドに頭部を固定された私の情けない姿を見ただけで、もう母は涙ぐんでたな、などと。母は七十四歳、半年後には父があとを追うように八十二歳でと、一年の間に二人とも他界してしまったので、今回は両親を悲しませることもない。二度も手術することになったけれど、こんどは親不幸にならなかったとホッとしたものだ。

そんなことを考えていると、病院の廊下で見かける父母と同じ年ごろのお年寄りを、目で追っている自分にふと気付くのだった。こんなに年を取っても毎日ひたすら歩行練習をし、懸命に生きようとしている。それが、いつしか父の姿のように、また母のようにも見えるときがあった。

この病気だけでなく、人生の折り返し地点を過ぎたあたりから、私には次々に災いが降りかかってきたけれど、私はいつも「負けへんぞ！」となんとか乗り越えてこられた。そんな強さが自分にどうして備わったのかと思うとき、両親の大きな愛の中で育てられた恩恵のありがたさをしみじみと感じた。

父は大正元年生まれで、とてもおしゃれなやさしい人だった。父親っ子の私には何かと父との思い出が多い。どちらも絵を描くのが好きだったので、子どものころはよく近くの野原を歩き回り、並んで写生をしたりした。家で写真館を開いていた父は、心の大きな人だったと思う。母との諍いというものを私は全く見たことがなかった。

「これからは女も仕事を持たんとな」

まだ十代も半ばの私に呟いた言葉は、何を思ってのことだったのだろう。

「私、大きくなったら芸者になりたい」

着物の好きだった私は、日本舞踊を習わせてくれた父に、こんな突拍子もない夢を口にしたこともあった。

「芸者か、それもいいな」

あのときの父の口調は、お前の好きな道ならなんでもおやり、というように聞こえた。女だからといって型にはめようとせずに、やさしい眼差しをいつも少し離れたところから注いでくれていた。父の子育ては、もしかしたら、昭和の男よりも新しかったのではないか。今になってときどきそう思うことがある。

そのやさしさは母に対しても全く同じであった。父と母の間には、かなりの年齢になってからも、ほのぼのと甘い空気が流れていたように思う。母が私の付けていた香水をときどきほしがったのも、ほかのだれのためでもなかったに違いない。いくつになっても女を忘れたくない、そういう母だったのは、やはりあの父だったからという気がする。両親の間に通い合っていた目に見えない和やかな空気は、子ども時代の私にも感じられたのだ。

「愛し合ってるやん」

子どもの私にもそんなふうに思わせるような、それは柔らかで素敵な空気だった。

そんな母は、昔から病弱だったが、どういうわけかパチンコが好きで、元気なときは買い物かごを下げて出かけていったきり、いつまでも帰らないときがあった。そんなとき決まって母がパチンコ店に寄っているのを知っている父は、

「空気が悪いし、体もよくないのにそんなところに毎日毎日行くな」

と言う。タバコの煙の立ちこめる店内の空気は母の喘息には何よりも障るのだ。けれども母は困ったことに、父に隠れてでも行きたいようだった。

ある日のこと、母を心配するあまり父はとうとう大きな勝負に出た。

「今日、これを全部使い切ってこい」

そう言いながら母に渡したのはその月のまるまるの生活費のようだった。子ども心にも大金だと知れて、見ていた私は驚いた。そのお金を前にして母の目は一瞬キラッと輝いた。

「だけど、これが全部なくなったら、パチンコをやめてくれよ」

父はこう釘を刺すのを忘れなかった。

あれが全部なくなったら私たちはどうなるのだろうと思いながら、私はじっと二人の様子を見守っていた。母はそんな心配などまるでないというふうに、買い物かごを手に喜ん

で出かけていったのだ。

ところが意外なことに、その日母はひどく上機嫌で帰ってきた。滅多にないほど大量の玉が出たのだと言う。そのときの父の様子は覚えていないが、私と弟は思いがけないお菓子のおみやげに大喜びをした。その翌日、

「今日も行くからね」

ひと声をかけると、母は普段よりも堂々と玄関の扉を勢いよく開けて出ていった。しかし、柳の下にそういつも泥鰌《どじょう》はいなかった。母は有り金を全部はたいてしまったのだ。でも、そのおかげでそれ以来、母のパチンコはぴたりと止むことになった。

女のくせに、などという物差しは父の中には全くなかったようだ。母も、父に泣かされたことなど一度でもあったろうか。父が家事の負担をかけすぎると言って、母が私を不憫がることはあったが、父に横暴じみたところは全くなく母が卑屈になることもなかった。

そんな父の包容力に甘えながらも、母は夫を尊敬していたと思う。子どものころには深く考えることもなかった父と母の関係だが、このごろになって、二人の穏やかな柔らかな会話のやりとりひとつひとつが、とてもかけがえのないものだとわかるようになった。

あのころ、家の中にはいつも暖かい空気が流れていた。それはどこの家にもある当たり

前のものだと私は思っていた。家庭はホッと安心できる場所であり、一人一人が自分らしくいられる場所だとずうっと思っていた。二人とも世話好きだったので、実家には人の出入りも多かった。両親が人と接する様子を見て、他人を自然に気遣い、思いやるのは当たり前のことだと思って私は育った。

ところが、それが当たり前ではないことに私は結婚して初めて気付かされたのだ。

暴力に精神も蝕《むしば》まれて

私の両親のような夫婦は、どこにでもいそうで案外少ないのではないか。結婚生活に悩み始めたころ、初めてそう思い至った。両親から与えられた愛という見えない支えが、いつも私を守ってくれていると感じるようになったのもそのころだった。

先にも触れたが、最初の手術の数年後に私は二度目の夫と離婚した。原因は夫の暴力だ。それは肉体的にはもちろんのこと、精神的にも私を蝕んでいくほどエスカレートしていった。思い出せばそれは最初の頸椎の手術をした後あたりから、じわじわと始まっていた。

夫はなぜ私に暴力を振るったのか。その原因はいまだにわからない。なぜ殴られなければばならないのか、私には全く思い当たるふしがなかった。それまで私は、暴力というのは理由があって振るわれるものだと、これこれのせいだと解釈できるものが必ずあると思っていた。

だが夫の場合、それは突如として脈絡もなく始まるのだった。その寸前までは機嫌がよいことも少なくない。私は体格がきゃしゃなほうではない。けれども、私より頭ひとつ大きく幅もある夫に殴られると、私はもう全く抵抗もできずにひるむだけだった。

そして夫は殴るだけ殴ると自分は疲れてしまうのか、そのまま何事もなかったように寝てしまうのだ。そんな光景は今思い出しても正常な人間同士の生活ではなかった。

さらに呆れるのは、翌日になって腫れ上がった私の顔を見て言う夫の台詞だった。

「なんでお前の顔、腫れてるんや」

こんな結婚生活は、私の神経にはひどく堪えた。痛みには耐えられても、目に見えない心の部分に恐怖感はどんどん堆積《たいせき》していたはずだ。体の傷は治っても、心の傷は深まる一方だったろう。そしてそんな私の内面などに、夫は全く関心はなかったのだ。

あるときは、仕事から帰る私を夫は駐車場で待ち伏せしていた。またあるときなどは、その直前まで上機嫌で私と外食をしていたその帰り道で突然始まった。

運転中の車を止め、夫が言い放ったのだ。

「降りろ」

何かと思って助手席から外へ出ると、いきなりすごい力で蹴飛ばされた。私は二メートルぐらいゆうに飛ばされていた。

「お母さん、どうしたの、大丈夫」

家に帰ると、子どもたちが私の姿を見て驚く。

「お母さんは階段から落ちたんだ」

夫は先手を打つようにそっけなく言うが、子どもたちは薄々気付いていたようだ。

「タオルに氷を載せて持ってきて」

顔はなんとか早く冷やさないと、翌日には仕事がある。自分で手当てをするものの、うまく消えるときばかりではなかった。そんな屈辱が何度もあり、とうとう人の目から隠しきれなくなったとき、私はこの情けない事実を職場の何人かに打ち明けねばならなかった。このとき、夫の暴力はもはや家庭の問題だけではなくなっていた。

相手が気に障るようなことを、言ったりやったりして怒られたというのなら自分なりに納得もいくのだが、いくら考えてもそんなものは私には何も思い当たらない。夫と私はともに子連れの再婚同士で、私の娘たちと同じように、夫の三人の子どもたちも精一杯育てていた。もともと、この子どもたちの世話をしてあげなきゃ、と思ったことも再婚する決断の大きな理由だったのだ。フルタイムの仕事をしながらだったが、娘たちの手伝いもあって家庭はそれなりに回っていたはずだった。

仕事が終われば家族七人の食材を両手に抱えて帰り、家庭のほうにも私は力を注いだつもりだ。休日は息子の部活の手伝いに、おにぎりを百個作って持っていったこともある。そして、夫の愛が別の人に向いていたときにも、あえて責め立てて束縛することはしなかった。夫の愛は完全に別の人にあった。愛し続ければ苦しさが倍加するので、私は夫を同居人と思おうとスパっと自分の心を切った。しかし、そのために、夫は私の愛がどこかに向いていると錯覚したのかもしれない。

殴られているときは、狂った嵐が過ぎ去るのをただひたすら待つだけだった。そのときはもちろん、後から考えてみても、私はただ、

「なんで殴られなあかんねん」

そう思うだけだった。

こうして、そんなことが三年ほども続く間に私の自尊感情は、どんどん失われていった。

相手にやり返してやろうとか、まして殺そうなどと思ったことは一度もない。けれども、

「毎日こんなにやられるのなら、自分なんか生きていてもしょうがない」

ふと、そんなことを思うまでになってしまっていた。気が付いたときには自尊感情というものが粉々に砕かれて、暴力は私を生きる価値のないもののようにさえ思わせていったのだ。これこそがほんとうに恐ろしいことだと今になってつくづく思う。自分は死んでしまったほうがいいんだと、知らず知らずの間にそこまで私は追い込まれてしまっていた。

愛の基地があったから

しかし、家ではびくびくして暮らしながらも私はこの時期、児童福祉課で課長補佐として働き、次の年には公立保育園の所長と、仕事を続けていたのだ。三年にわたって私生活で痛めつけられながら、その一方で通園してくる子どもや母親たちのケアという重い仕事に打ち込んでいたのだから、我ながら不思議な気がする。それは決して私が強い精神力を持っていたからではないだろう。思うに、互いに敬愛し合っていた両親という存在が私にとって、とても大きく、自分はその子どもだという強い意識があったからだ。父母が与え

てくれた家庭は私の愛の基地だったのだ。

保育園や障害児の保育事業というのは、感化されやすい子どもたちの心と触れ合う繊細な仕事とも言える。朝、通園してきたときのカバンの置き方ひとつにも、子どもたちの内面が表れ、暮らしぶりが見えてくる。夕方に子どもを迎えに来たときの母親の顔色にも、日々の憂いが滲んでいたりする。

柔らかで壊れやすい人の心と接する仕事だけに、こちらがざらついた心では向き合えない。夫に殴られ続ける日常にピッタリと蓋《ふた》をして、子どもたちの前に出るときはいつでも子どもと同じ目の高さにならなければいけない。簡単なことのようだが、気持ちをきっぱり切り換えて臨まなければならない。

しかしいったん切り換えれば、不思議なことに何もかも忘れて仕事に没頭できた。自分自身が不当に痛めつけられていたことで、かえって正義感や人間観というものがはっきりと形成されてきたようにも思う。夫婦がどうあるべきか、保育はどうあるべきかを、我が身に引き寄せて考えられたのだと思う。家庭で目一杯押さえつけられ、おとしめられた自尊心が、職場に行くとむくむくと頭をもたげてきた。理不尽なものに憤る気持ちや、人としての尊厳が、人間の心に触れられる場所に来て、負けじとよみがえるかのように。

へこんでは起き、へこんでは起きと、やじろべえのように、家庭と職場の間で私の心はバランスを取っていた。今思うとなんと奇妙な心理バランスだったろう。

離婚が成立するまでの間は、子どもたちには嫌な思いをさせてしまい、ほんとうにかわいそうだった。母親が暴力に遭って子どもたちが心穏やかに過ごせたわけはなかったと思う。ただ、私の連れ子の上の娘は結婚し、下の娘も義務教育を終えていたのがせめてもの救いだった。これが幼児のいる家庭で起こったとしたら、その心の傷は計り知れなかっただろう。

それでも、ぎりぎりのところで踏ん張って、相手にも自分にも致命的な傷を付けることなく別れることができたのが幸いだった。

私がすっかり立ち直るまでには、娘たちの支えも必要としなければならなかった。一時は私も精神状態が危うくなってしまい、体中に虫が這い回っていると言い出したり、極度の食欲不振に陥ったこともあった。

「食べて、一口でもいいから食べて」

憔悴した私に、娘が小さなおにぎりを作ってくれたりもした。そんなふうに娘たちや友人、入院した精神科の先生にも支えてもらって、やっと立ち直ることができたのだ。

私の問題に限らず、夫婦間、親子間の家庭内暴力は、世の中の歪みが凝縮してしまうのか、今どんどん増えてきていると聞く。そのような相談を仕事場でだけでなく、私も受けることが少なくないが、そんなときは自分の体験も隠さず話して、被害者の精神が蝕まれていく恐ろしさに気付いてもらうように努めている。そして私が支えによって助けられたように、私も進んでだれかの支えになりたいといつも思っているのだ。

隠しても見えてくる

それにしても、入院して知ったことだが、病院というのは見知らぬ男女がなんと無防備な姿をさらけ出す場所だろう。自立のままならない人間が一時的に社会生活から避難して、寝巻き姿で始終共同生活をするという特殊な空間である。病状や家庭環境によって、切実な人もおり、お気楽な人もいる。何週間も毎日同じ空気を吸って暮らすことになるので、これほど人間のありのままの姿が見える場所もないだろうと思った。

その人の人格、社会性というものがすべて透けて見えてくる。欲望のままにだらしなく生きている人はそのままが、人の迷惑に構わず生きていれば、やはりそのままが見えてしまう。職場などでは隠しおおせているような秘めた人格が、その人の生地のようなものが入院生活では現れてしまうように感じた。隠していても見えてしまうのだ。

そういえば、と、私は勤め先である保育園や障害児通園施設でのことを連想した。子どもを見れば、親たちが体面をつくろっていたとしても、その両親や家庭がどんなふうか、やはり隠しようもなくわかってしまう。いわゆる子どもの生育環境の良し悪しは親がどれだけたくさんのものを与えているかではない。むしろ、目に見えないものをきちんと与えているかどうかで決まるように思う。

どんなにおいしい食べ物や、子どもが欲しがるものをたくさん与えたところで、両親が憎み合っていたり、したいこともできないとストレスをためながら子どもに接していれば、子どもは敏感に察し、影響を受けてしまう。

「自分が犠牲を強いられている」と感じていたり、いつもだれかの目を気にして「母親として自分がちゃんとやっているか」と、〝母親業〟の出来不出来や自分の評価を意識する子育てをしていると、子どもたちの心に屈託を与える。幼くても子どもたちは、驚くほど親の心持ちには敏感なのだ。お母さんが自分らしく伸びやかな生き方をするとき、子どもも自分に自信を持ち、輝きながら成長していくだろう。単に教育やしつけだけの問題ではないものが、子どもたちを見ていると感じ取れるのである。

日本は母親を神聖化する文化があるようで、「母」は慈愛豊かな存在とされている。子どものためなら、その鼻水さえもすすれるというような献身的な存在としていつのまにか美化されてきた。もちろん、そんな面も確かにあるが、一方で十分に生身の人間である。一生懸命にやっていてもうまくいかないこともあるし、

「こんな子、産むんじゃなかったわ」

などとつい、感情的になることもあるだろう。そんな母親たちの愚痴を、「最近の母親は」と、世間は何かと批判的に言うことが多いようだ。人生の先輩たちばかりではなく、まだ結婚もしていない若い保育士たちまでが、

「あのお母さん、最近お迎えに来るの遅いねん、遊んでるんと違う?」

などと、こそこそ話していることもある。

そんなとき、私はちくりと言ってみる。

「お父さんがちょっと迎えに来ただけでこんなに誉められて、お母さんがちょっと遅れただけで、なんでこんなに悪口言われるの」

保育士は私の言わんとするところにすぐさま気付いて、

「ああ、そうやったわ」

と言うのがおかしい。

そのくらいに、核家族の多い今は、何かあれば全部が全部お母さんが悪い、母親のせいと言われる。その一方で、昔に比べて子育ての環境が難しくなっているのに、それにはあまり同情が集まらないようである。家事を助ける電化製品や子どもを遊ばせる遊具の数は増えたけれど、母親一人で子育てを一手に引き受けている重い現実が、あまり考えられていないようだ。

父母がそろっていても、実質はお母さん一人で子育てをしている家が多い。近所のお母さんと協力し合って工夫している人もいるが、単身赴任などでぽつんとたった一人で子育てをしている人も案外多い。ノルウェーでは父親が子育てのために早く帰るように、企業を巻き込んでキャンペーンを組んでいるというが、いまどきの日本でそんなことをしたら、真っ先にリストラされてしまうだろう。こんな社会状況だから、子育ての負担はますます重くそれぞれの家庭にだけ、つまり母親にのしかかってくる。

昔のお母さんたちの時代と比べてみたときに、今の子育て環境は思いのほか貧しいことに、私はいつも気付かされる。昔なら、空き地で近所のお姉ちゃんにままごとをしてもらっている間に、母親は別のことができた。けれど、今はどこもかしこも都市化し、不穏な事件も起き、幼児を一人で外に出すのが危なくてできない状況にある。空き地は少ない、車は多い、大きいお姉ちゃんはお家でゲームをしているか、習い事でいない。だから、お母さんたちは子どもを一人で抱えこまなくてはならず、母親自身と子どもの自立にほど遠い、子育て環境の矛盾に悩む。異年齢集団で思いっきり遊ばせようにも、その場がもはや地域にはない。それはもう保育園の中にしかないように思える。

こんなふうに、私は子育てにかかわる社会的な問題を次第に深く考えるようになっていた。そして自然ななりゆきで、お母さん方の相談に乗るようになったのである。

若いお母さんからのSOS

相談ごとに対応するため必要に迫られて、私はカウンセリングの勉強もするようになった。また子どもについてだけでなく、育てる親自身の問題にも、当然ながら関心を向けるようになった。

浮かない表情の若いお母さんに声をかけて別室に誘い、いろいろ話を聞かせてもらうと、些細なことがストレスになっていたりするのだ。母親になると世間の目に敏感になるようで、「母親らしく見えなくてはいけない」と、見えない鎖で自分を縛っていることもある。

「お母さんになったかて、おしゃれしたってええんよ」

「ええっ、ほんまにええんか」

「ほんまや、あのお母さんを見てみい、しっかり化粧してはるやんか」

「ああいうふうにやってもええの」

「若いんだもの、そりゃ親だっておしゃれしたいやん」

「ほな、私もやりたいわ」

「もう、どんどんやりなさい」

帰るときにはすっかり元気溌剌である。

とくに障害児を抱えているお母さんの場合は、精神的にもたくさんのものを背負って子育てをしていることが多い。親戚や周囲の人の無理解と闘ったり、自分の不安と闘ったりと試練が多い。そのために、突如短絡的な思考に陥って電話で私にＳＯＳを発してくることもある。どうかすれば、子どもを抱えて自殺することもあり得なくはないので、私の言葉にも自然と力がこもる。

「ねえ、あんなときがあったやん。よくここまで頑張ってきたなあ」

電話の向こうで傷心の母親は、すでに涙声である。私もいつしか一緒に泣いているが、なんとか気持ちを立て直してもらおうと必死である。状況が厳しいときは時を忘れて延々と話をすることも少なくない。そうすると、やっぱり人間というのはどこかで必ず吹っ切れるものである。

「あんた、ほんとうに偉いわ。偉い。私、ほんとうにいつもそう思ってるんやで。あんたやからここまでやれたんや。これって、ほんとうにすごいことなんよ」

「そうやろか」

「そうや。あんただからやってこれたんや」

こうして、胸に詰まった思いを吐き出させると、案外勇気を持ち直してくれるものだ。

子育てには職業のように報酬はない。しかも一人一人大変さがみんな違う。違うのだから、親同士を比べることはできないし、子ども同士を比べる必要もないのだと思う。自分に授かった子どもをただひたすら育てる、その子と一緒に笑ったり考えたりする時間を共有する。それだけでも、親の思いはその子の見えないところに、ちゃんと入っていくものではないだろうか。

見かけはヤンママでも、子どもがきちんとしているケースなど、見た目によらない、実はしっかりした親の実態がうかがえることも多い。親は黒子でいいのだと私は思っている。こんな子育てをしました、などと声高に言う必要はない。子どもが輝けばそれでいいのではないだろうか。

夫と離婚した後、子どもを取り巻く環境と問題への関心が高じ、大阪府の公募に応じてアメリカへ二週間の研修旅行に行ったことがある。研修の中には、それぞれの掲げた研究テーマにしたがってグループに別れて施設を視察する日程があった。私は、子どもへの性暴力を研究している友人に同行した。そのグループでニューヨークの児童支援施設を訪問したときのことである。

ニューヨークの性暴力が教えてくれたもの

それはスラムに隣接する大病院に併設されている施設だったが、その病院で子どもを診察するための椅子を見せられたときの衝撃は、今も忘れない。その椅子というのは、下着だけを脱いでスカートのまま座ると性器の状態を診察できるという特製の椅子だった。屈託ない話をしながらも、子どもの性器の様子が写真で撮れるしかけになっていた。

モニター室は診察室の隣にあった。十歳未満、ときにはまだ四、五歳の幼気《いたいけ》な幼児の、引き裂かれ化膿して変形してしまった目を覆うような性器が、そこに写し出されるのを見た。どれほど痛かっただろうと胸が締めつけられた。それは今なお鮮烈に私の瞼に浮かんでくる。女児だけではない。男児も同じように虐待をうけている。

また隣の部屋で幼女と医師が会話をしている様子が、この部屋に映像として流れてくるようになっていた。こんな進んだ診療システムがあるというのも、それだけアメリカにこの種の問題が多いからなのだろうか。写し出される性器の病変とは裏腹に、はにかみながら無邪気に医師と話をしている幼女は、アメリカのどこにもいるような女の子と何も変わらないように見えた。私が保育園で接する子どもたちの顔が、一瞬私の脳裏を過ぎった。

少女は何やら医師と人形を使って話をしていた。そのとき、医師の話が下半身の部位に及んだ。にわかに少女は怯えた険しい形相になり、

「痛い、痛い」

と泣き叫んで体を揺すって取り乱した。そして、もはや全く会話のできない状態になってしまったのである。

この幼女の性器にこんなむごたらしい傷を付けたのはだれなのか。こともあろうに、そのほとんどが同居する幼女の実の父であり、兄であったりするのだ。

この施設に収容された少女たちは、傷付いた患部をこれから時間をかけて手厚く治療されることになる。だがここに収容されなかったもう少し大きい、十代半ばを過ぎるくらいの子どもたちはどうなのだろうか。

その年齢の子どもたちであれば、妊娠し出産することもあるのではないかと思われた。お金があれば中絶するかもしれないが、近親相姦はもっぱら貧しいスラムに多い。そんな境遇に生き、逃れる術のない子どもたちが、まだまだこの地球上には多いことを考えると、なんとも胸が重苦しくなるのだった。

このような性的虐待を受けた少女や少年たちは、将来大人になったときに、はたして他人を信じ、異性を愛することができるのだろうか。愛せたとしても、その気持ちの延長として異性とセックスによって幸福に結ばれることができるのだろうか。性器の傷は年とともに癒えていくには違いない。だが、最も信頼し愛してもらえるはずの家族から、愛と信頼の代わりに負わされた心の傷はどうなるのだろうか。この子の母親も、どれほど心を病んでいることだろう。この施設に入所している間に、本当にこの少女たちは癒されていくのだろうか。私は後から後から湧いてくる疑問を胸に抱いたまま、重苦しい気持ちでこの施設を出た。

アメリカは市民意識が高く、この児童支援施設も寄付金で建てられたものだという。一方日本では、まだまだ児童虐待は発覚せず、通報されることも少なく密室の中に閉じ込められたままではないのだろうか。時折、餓死させられた、折檻されたという児童虐待事件が報道されるが、不況下のストレスを抱え、切れやすくなった大人たちによる性暴力も、深く秘かに横行しているのではないだろうか。このアメリカでの研修以来、私はいっそう、子どもたちの苦しみ、そしてそれを強いる大人たち自身の様々な苦しみというものについてよく考えるようになった。

こんなふうに、病棟での日々では実にさまざまな思いにふけったものだった。

それでも日を送るうちに、痛みと不自由さからようやく解放されていき、私はせいせいした気分になっていった。最初の頸椎の手術、そして二度目の発病と手術まで、ほんとうにいろいろなことがあった。苦しいこともなんとか切り抜けて、心豊かな日々に再び向かい合える。そう信じて、私はM病院を退院したのだったが……。

第四章　病魔は私を離れない

青いパンツ

頸椎の手術を受け、続くリハビリの入院生活も終わり、退院して一カ月したあたりのことである。

今度は腰痛が急にひどくなってきた。昔からの持病ではあったが、二十五年前に半年間かけて運動療法を試みたことがあった。これが功を奏して、以後はときどき痛みが出ることはあるものの、うまくなだめながら付き合ってきたはずだった。病院で神経ブロックをしてもらいながらなんとか仕事をこなしていたが、七月初めからとうとう内臓に影響を及ぼすようになり、排尿障害になってしまった。

もし尿が自力で出せなくなったら、この先は排尿するたびに導尿（チューブを尿管に入れて尿を誘導する）しなければならない。下手をしたら、膀胱だけでなく、腎臓までやられてしまうかもしれない。

「そうなったら大変や、私はまだ若い。助けて！」

かわいそうな未来の自分の姿を想像して、私はかなり慌てて整形外科に飛び込んだ。

「これは間違いなく、腰の骨が原因だね」

先生にそうは言われたものの、何しろ、自分が納得しなければ何事にも踏み切れない私のこと。整形外科のほうはひとまず置いておいて、気になる泌尿器科のほうを受診してみることにした。

この検査では、これを穿くようにと渡された、青い紙パンツに意表を衝かれた。婦人科の診察台と同じ台の上にそれを穿いて上がるのだが、足を開いたときにちょうど性器の部分だけが見えるようになっているのが、なんとも言えず、ばつが悪い。そのパンツを穿かされて落ち着かない気分のまま、私は怖々と診察台に上がった。

検査というのは膀胱の中に空気を入れてみてどのくらい耐えられるかを見るのだが、限界に来たと思う時点で、

「排尿するように空気を出してください」

と先生に言われる。おしっこに力むのではないから妙な感じだ。その空気の量を機械がキャッチして、データとして出てくる仕組みになっている。かなり気持ちがよくないが、内臓の中でも肝心かなめの泌尿器の障害を調べているのだから仕方ない。我慢、我慢と自分に言い聞かせながら、言われるままに検査に耐えた。

もっとも、こんな深刻な気持ちで受けた検査なのに、どうしても青いパンツがおかしくって、吹き出しそうになった。産婦人科では出産などで下半身を露出する経験はあったが、今回はパンツで隠しているだけにかえって気恥ずかしい。産婦人科では医療なのだからと、思い切りよく割り切れるのに、このパンツはヘンだ。ついでに言えば、使い捨ての吹けば飛ぶような紙パンツなのである。やっぱり滑稽だった。青という色も、ポリバケツ、ごみ袋の色と同じ青だ。シーツや白衣の白でも、最近よく見かける看護師服の薄いピンクでもない。なぜ青なのか。手術着も青だったから、やっぱり血液や汚物にまみれても違和感のないのが青なのだろうか。

こうして終えた検査の結果、かなり膀胱の機能が低下しており残尿があると診断された。すぐに整形外科の手術を受けたほうがいい、と泌尿器科の医師に勧められ、私はまた急いで小泉先生の元へ走っていった。診断された病名は「腰部脊柱管狭窄症」である。

「手術して治ります？　少なくとも今の段階で食い止められる？　もしそうだったら、手術をしてほしい」

はっきり意思表示をする私に、

「よくなるよ」

先生はきっぱりと答えてくれた。そこで決意は固まり、この二月に退院したばかりのM病院の整形外科に、七月下旬再び入院。こうして頸椎の手術から八カ月後の八月一日に手術を受けることになったのだった。

この手術は七時間にも及んだが、どうやら無事に終わった。夏の盛りで、一週間はベッドで痛みに耐えて過ごした。もう慣れたとはいえ、手術後の排便がやっぱり精神的にこたえる。寝たままの姿勢では、神経的にも体力的にも排便に必要な力が十分に出てこない。いつかテレビで見たのだが、俳優の石原裕次郎は、若き日の入院のときこれに悩まされて、奥さんの北原三枝が、彼女の手の中に出すよう申し出たという。

そんなパートナーがいない私は、やはり看護師さんの手を借りる処置を忍ばなければならない。掌を借りるわけではなくても、便を片付けてもらったり、お尻を拭いてもらったりすることもある。自立の力を全く失っているこの一週間は、やっぱり私には耐え難かった。

看護師さんや同室の患者さんに不快感を与えないように、布団の中に消臭スプレーを片手で噴霧しながら用を足す。それからナースコールをして持っていってもらうが、相手の身になって配慮しながら世話をしてくれる人もいれば、まるで物を扱うように冷たい物腰の人もいる。

腹が立つというよりも、そんなときは情けなく悲しい気持ちにさせられた。嫌な仕事には違いないと思いながら、さすがの私も咄嗟には言葉が出てこない。自分のことが自分でできない、我が身への悔しさも湧いてくる。術後の辛さが一日も早く治りたい気持ちを駆りたてるのである。

食事のときは、自分の体に合わせて作った特注のコルセットをはめてもらい、看護師さんに身体を横にしてもらう。私は右側の腸骨の一部を取っているのだが、どうかするとそれを忘れられてその部分を握られてしまうことがある。

「痛～い」

思わず叫んでしまうが、そんなときは一人一人の手術の内容や術後の経過が、看護師さんに案外把握されていないことを感じさせられる。忙しいのだろうが、きちんと個々の病状を頭に入れておいてほしいと切に思った。

横を向いていても、一時的に楽にはなるが、すぐにしんどくなってくる。看護師さんが、倒れないように、手作りのクッションなどを当てがって支えておいてくれるが、時間がたつと辛くて、もう食事どころではないのだ。手を煩わすことをためらい、ぎりぎりになるまで辛抱するけれど、限界になるとナースコールに手がいく。人にもよるだろうが、いつも患者はこんなふうに、看護師さんの想像以上に気を遣って過ごしているものだ。

「立てた！」

「さあ、起きようか」

手術後一週間目である。小泉先生がベッドの側に立ってにこやかに言った。私に特注のコルセットを丁寧にはめ終え、ゆっくり抱えながら起こしてくれた。支えられながら、なんとか上体を起こすことができた。「ヤッター」と叫びたいぐらいに嬉しかった。

「立ってみい」

と言われて、先生の肩を両手で掴みながら、恐る恐る立ち上がってみる。

「立てた！　立てた！」

まさに感無量である。これでやっと、今日からベッドでの排泄から解放されることになる。車椅子でトイレにも行ける、自分はなんて幸せなんだろうと、何もかもがバラ色といった気分になってきた。先生にも、看護師さんにも、病室のだれにも、今までの親切に心から素直にありがとう、と言いたくなった。

さて、肝心の排尿障害といえば、術後十日ぐらいは尿管を入れたままなので、治ったかどうかはまだわからなかった。管が取れても一、二回は、手術前と同様に力まないと排尿できなかった。回復したのかどうか、にわかに不安が襲ってくる。そのつど、

「大丈夫、大丈夫」

と、自分に言い聞かせながら、三回目の便座の上でいよいよそのときを迎えた。

すると、どうだろう。尿はなんの抵抗もなくスーッと流れ落ちてきた。

「ヤッター！　ヤッター！」

思わず、私はトイレの中でVサインを出していた。これで排尿障害の悩みとは、もう完全にさよならができる。トイレを出るとナースセンターに駆け込んで先生や看護師さんに

この快挙を伝える。

「よかったねえ」

そう言ってくれる看護師さんの笑顔、笑顔。

「ありがとう、ありがとう」

何度お礼を言っても言い足りなかった。

排尿障害はこの手術のおかげで百パーセント快癒した。何週間か後には笑顔で無事に退院できる。私だけではなく、先生も看護師さんも娘たちも、病室のだれもがそう思ったはずだった。ところが、スムーズに排尿できた喜びも束の間だった。

凄まじい検査

その翌日。寝ていると突如、右腰から右足にかけて痛みが走った。最初の日は努めてそのことを忘れようとしたが、翌日はもっと頻繁に同じ場所に痛みが現れた。そして時を追うごとにその痛みがぐんぐん強くなっていくのだ。

「なんでや、なんでや」

座薬をもらって入れてみても、痛みはあまり楽にはならなかった。そこで「神経根造影」をすることになった。これは神経根に注射針を刺して、造影剤を注入する。問題の部分を針が捜して、うまくその箇所に当たると、ピリピリと神経が反応して足先までしびれてくる。

この神経を針で捜す検査の辛さは、口では言い切れない。

「来た！」

先生に教えると、そこに造影剤を注入してレントゲンを撮る。針先が動いて神経に当たるたびに激痛が走る。まるで電気を通すようにツーンという痛みが、足から腰へと駆け巡っていくのだ。

「ヒッ、ヒッ、フー」

動けない私はお産の呼吸法のように、痛みを逸らそうと必死に呼吸に意識を向けていた。その喘ぎを聞きながら先生は、何回も場所を変えてはまた針を刺す。本当に凄まじい検査が続くのだ。

検査をやっと終えて戻ると、看護師さんが心配そうに尋ねてくれた。

「どうだった」

すっかりエネルギーを使い果たした私は、

「お産して、四人ぐらい産まれたわ」

気弱く笑ったものだ。しかしお産ならば、産んだ後はもう楽になるけれど、この辛い検査で原因がわかったとしてもその先はまた、新たな手術につながるだけなのだ。そう思うと、ますます気が滅入ってきた。それでも私は、

「痛くても頑張るから、悪いところを早く見つけて」

必死だった。あまりに私が痛がるので、先生もその後の検査は、軽い麻酔を使ってくれるようになった。だが麻酔を使えばそれだけ体感する私の反応が弱まり、問題の部位が探しにくくなるというジレンマがある。それでも先生は時間をかけて根気よく、どこが悪いのか問題の箇所を捜してくれた。

七時間にも及ぶ手術から、まだ一カ月しかたっていない。無傷の人でも耐え難いくらいの検査なのだ。その間にも、右足腰の痛みは何かが増殖するように日増しに強くなっていた。

「そんな続けて二回も手術を受けるなんて、大変じゃない、やめたほうがいいよ」

同室の人たちは口々に言う。それを聞くと私の心も少し揺らいだ。だが、また激しい痛

みに襲われると一刻も早くなんとか治してほしい、それしか考えられないのだ。四六時中激しい痛みに飲み込まれて、早く手術してほしい、治してほしい、その願いがすっかり私を覆い尽くしていった。

「オペしようか」

夕暮れがだいぶ早くなったと思うと、もう十月に入っていた。病室の窓外からはうっすらと金木犀の甘い香りが舞い込んでいた。病院にいても季節は確実に巡っている。夏に入院したことを思い出すと、いやがうえにも気持ちは焦った。

ここに来て小泉先生が、

「オペしようか」

やっと切り出してくれた。このころ、ちょっとした院内の人間関係トラブルに悩まされていたのだが、その間ずっと間断なく痛みは私を追い込んでいた。肉体だけではなく、精神的な落ち込みとも毎日闘っていた。何も打つ手がないと思うのは、それだけで自分の闘う心を萎えさせてしまうので、手術は唯一の頼みの綱だった。

そんなぎりぎりの精神状態だった私に、小泉先生の言葉はまさに福音だった。待っていましたとばかりに私は手術を承諾した。

十月十二日に腰椎の手術が行われることになった。そうと決まって、私はひとつ気がかりなことを思い出した。ベッドに戻って麻酔が醒めたときのことだ。乳房の上がひどく痛かったのである。腰を手術したのに「なぜ胸が」と思い小泉先生に尋ねてみると、それは手術台のせいということだった。整形外科の手術台というのは、内臓の手術台とは全く違う造りだと教えてもらった。ふうん、とそのときは返事をしたのだが、今回はその手術台をよく見てみようと思った。見慣れたつもりの手術室に入り、まじまじとその手術台を観察してみて、なるほどと納得がいった。いわゆる普通の板の台ではなくて、四点支柱のみで体を支える手術台なのだ。その支柱の上の左右の二つがちょうど、うつぶせになると胸に当たり、下の二つは両足の付け根を支えるように作られている。何時間もの間をこの四点だけで体重を支えているのだから、どうりで後であんなにも痛いわけだった。

「その重い体がドーンと乗っているんだから、当たり前やで」

小泉先生の言ったとおりだった。四本のポールの先にスポンジで分厚く覆った針刺し坊主のようなものが付いているだけである。うつぶせになれば内臓は全部、重力で下に落ちることになるのだから、このほうが手術しやすいのは素人目にも一目瞭然だ。手術によっては立ったまま、というのもあると聞いて二度びっくりだった。

今回の手術は辛い痛みを除き、再び排尿困難に陥らなくする手術であり、そのためにいくつもの神経が通る椎間孔を拡大するのだという。私の期待どおり小泉先生の執刀でそれも無事に終わった。術後の説明では、神経根の辺りで神経が「く」の字型になり、一・五倍にも腫れていたということだった。手術時間は一回目のときより短くて済んだために、麻酔が切れてきた時点でも体はかなり楽だった。

これでやっと、右足の激痛から解放されることになった。痛みが消えるにつれて、心も自然と安らいできた。同室の患者さんたちも、

「よかったね。顔が明るいよ」

と口々に言ってくれた。夏の再入院以来、私はわずか二カ月間に続けて二度も手術を受けたのだ。だが、右足の痛みが消えた時点ですべてが終わり、これもめでたしと思えた。

次々に起こる異変

腰の二回目の手術から四日ほどたった。

寝入っていた私は、左足に走る引き裂くような痛みで突然目を開けた。痛みはすぐに治まったが、右足のときがそうだったように、痛みの起きる間隔も次第に短くなっていった。

まさか、まさかと思ううち、痛みは次の日も左足を瞬間、嵐のように駆け抜けた。それが、時とともに休む間もないほどに激しくなったのだ。ここにいたって、もう完全に絶望の底へと突き落とされてしまった。

「なんでや、なんで私ばっかりに、こんな変なことが起こるんや」

終いには我が身がうとましくさえ思えた。手術の前、週に一度の割合で神経をブロックしていたときにも、麻酔を入れていく段階で、猛烈な痛みに襲われたことがあった。あるときは麻酔が効いて痛みが和らいでいくときに、左足が丸太ん棒のようになり、臀部の感覚が麻痺したこともある。そんなときには排尿していても、尿がどこから出ているのかすらもわからなくなってしまった。痛みが取れるのは嬉しかったが、立つこともままならず、このまま一生麻痺が残ったらと、怯えながら過ごしたりしたこともあった。

「大丈夫、大丈夫やから」

先生は言ってくれる。それに励まされはしたが、不安は少しも消えない。手術をしても、神経をブロックしても、次から次へと予測の立たないことばかりがこの身に起こる。

「どうなってるんや、どうなってるんや」

自分の体にめちゃくちゃに腹を立てながら、私は何度も心の中で呟いた。

腹を立てていたのは私だけではない。先生も次々起こる異変に、

「なんでや」

苛立ちを隠せなかった。一生懸命になり、真摯に私の体を診てくれているのは、だれよりもわかる。しかしそれだけに、苛立ちが私の肌に直に伝わってくるのがまた辛かった。私の体にいったい何が起きているのか知りたいと思うのだが、先生の不機嫌な様子がそれを聞くことをためらわせるのだ。

インフォームド・コンセントが大切だと思うから、内心のあせりも募るばかりである。信頼関係は一方だけの力では無理で、互いにその立場と役割の違いを認め合いながら築いていかなければならない。共同作業なのだ。相手の顔色でひるんだり何も聞けなくなるよ

うでは信頼関係も成り立たなくなってしまう。

「こんな弱腰ではあかん」

自分を内心叱り続けていたが、今度ばかりは精神的にも行き詰まってしまった。それでも、繰り返し自分に言い聞かせる。

「あかん、あかん」

そう鼓舞しなければ、もはや二度と立ち直れなくなりそうだった。

小泉先生も何かを感じ取っていたのか、

「今日はどうや」

別の日にはにこにこしながら聞いてくれたりもする。ホッとすると同時に、不機嫌なときの先生の顔がよみがえって、

「もっと感情を抑えて接してよ」

かえって恨みがましい気持ちが頭をもたげたこともあった。しかし私には、これほど信頼できる先生はいない。小泉先生との邂逅《かいこう》を、天に感謝しているのもたしかなのだ。

二回目の手術後に始まった左足の激痛に苦しめられ、ベッドの両脇の手摺りにつかまって、ひたすらじっと耐える日が続いた。その痛みは、身をよじらせて叫びたいほどのもの

だった。しかし、どんなに懸命に耐えても、今度ばかりは真っ暗なトンネルから容易に抜け出ることはできなかった。

「この左足、どうなったの。どうすればいいの……」

だれに問う術もない問いかけを日々繰り返すばかりだった。一日、また一日と痛みに悶々とするだけの虚ろな日が過ぎていった。

「今日はどうや」

先生が来てくれるが、まともに返事もできない。痛みは間断なく襲い、夜に座薬を入れても、肩から筋肉注射の痛み止めを打っても、暴れ狂う痛みの合間に僅かにうとうとするだけの日が続いた。

憔悴しきった日が明け暮れして一週間がたった。

「先生、今度はどこが悪いの、調べられないの」

私は内心の不安に押し出されるように、たまりかねてこう質《ただ》していた。

「まだ、まもないからな。前みたいに神経根造影して針で捜せないんや」

空しい答えが返った。

真夜中に涙が止まらない

このときほどがっかりしたことはなかった。鬱々とした日々は、朝も夜もない。食事も娘たちの見舞いにも心は晴れず、明るい気持ちになどとうていなれなかった。

それでも出口を見つけたい、頭の中はそれだけで煮詰まる一方だった。そして、ある日もう我慢できず先生にこう詰め寄ったのだ。

「先生、とにかく、開けて探してほしい。車椅子になってもいい。このまま寝たきりでずうっといるより、私は社会復帰したいねん」

小泉先生は一瞬ひるんだような表情になり、そしてぽつりと言った。

「そんなことまで、考えてたんか……」

返事はその場では返してもらえなかった。

今まで最悪の痛みに耐えながら、このまま一生寝たきりになる自分を思うと、真夜中に涙が止まらなかった。昼間はなるべく周りの人と話し、人の話を聞き、テレビを見るように努めた。それだけでも幾分かは気分が楽になるようだった。だが、夜だけはさすがに辛かった。胸に突き上げる思いをどうしようもなくじっと堪えるほかはなかった。

「先生、助けて！」

心の中で何度叫んでいたことだろう。

「先生、助けて！」

声を殺し、涙を抑えながら胸の奥の思いを絞り上げていた。時折開けた目に入る病室の薄明かりだけが、私の夜ごとの呻吟《しんぎん》をあわれむように目にやさしかった。

手術から九日がたった。

「二十四日に手術しよう」

小泉先生が決然と言い放った。それを聞いたと同時に、痛みが取れるかもしれないという期待が私の内奥から一気に吹きだした。手術という言葉がこんなにうれしいなんて。

手術前の説明を聞くと、先生には悪い箇所の察しは付いているらしかったが、私のほうは闇雲でもいいからとにかく開けて原因を探してほしい、という心境だった。手術に向けて心が引き締まると、痛みに立ち向かおうという気迫がどこからかふつふつと湧いてくる。

前回の手術の抜糸が二十三日、そのすぐ翌日には、四回目の手術、腰椎では三度目の手術をする、と決まった。

「手術なんかもう怖くない。下半身が麻痺してもいい、痛みさえ取れてくれたら」

それだけを強烈に願った。

「頑張ってね。今度の術後はベッド周りの手の届くところでも、私たちが全部お世話するから呼んでね。できることでもしたらあかんよ」

看護師さんたちの言葉が心強かった。たしかに今までの私は自立心が旺盛なあまり、術後すぐなのに、ベッドテーブルにあるものを取るときなどについ、体をねじってしまうことがあった。看護師さんはそれを心配してあえて私に言ってくれたようだった。

「こんどこそは無理をせずに、素直に甘えよう」

そう心に決めた。

十月二十四日、その十二日前と全く同じ手順を踏んで手術は始まった。執刀する小泉先生はきっと長く大変な時間を費やすのだろうが、私には麻酔が効く直前の明るい午前の光が記憶にあるだけである。そして、いつも病室の電灯の明かりに目覚めて長い時がたったのを感じさせられるのだ。空白の時間から生還すると、娘たちの顔がいつも決まって最初に見えた。このときも、娘たちが心配そうに私を覗く顔を見ながら、少しずつ私は現実の世界へとよみがえったのだった。そこへ、

「お母さん、悪いところがわかって、ちゃんと取ってもらえたよ」

長女の言葉がはっきりと聞こえた。嬉しかった。

しかし今までになく深く消耗した感じで、瞬きで返事をすることすら大儀なほどだった。手術の間中体を支えていた胸の辺りの痛みも、翌日になるとひどくきつく感じられた。と同時に、臀部に激しい痛みがあることにも気付いてその理由がまた気になった。手術を終え、悪いところが除かれたという安堵感はあるものの、体全体はまた新しい痛みを全身に抱え込んでいた。まだ朦朧《もうろう》として頭もよく働かなかった。

辺りをゆっくり見回してみると、ベッドサイドに、娘が手術室から戻った私を慰めようと置いたのだろうか、白と紫のトルコ桔梗《ききょう》があった。花だけはほんとうに目にやさしく飛び込んできた。私は目覚めては何も考えずただぼんやりと花を見つめた。

今日よりは明日、明日よりはあさってと、一枚ずつ薄紙を剥ぐように体は楽になるはずだった。けれど、回復のテンポは前回の手術後よりも格段に落ちていた。その差をひしひしと感じながら、明けぬ夜の闇に投げ出されたようにただ横たわるだけだった。

お尻をスライス

数日後になって、先生から術後の説明があった。

「悪いところの骨を取って、そこに骨盤から取った骨を入れて、コの字型のビスで上下を留めたよ。ほかのところで神経が痛み出さないように、癒着がないかどうかもていねいに見たから」

私はなぜお尻が痛いのかと、四六時中気になっていたことを尋ねた。

「癒着がないか、お尻の肉をスライスするようにして、見られるところは隈無く見たんだ。だから、もう大丈夫だよ」

今回ついた病名は「腰部椎間孔狭窄症」だという。お尻が痛かった理由もやっとわかった。

手術の翌日からは、また早々にリハビリが始まった。ベッドに縦に取り付けられた器具に足を吊って、上下に動かすのだが、これは傷が変な具合に癒着するのを防ぐためだそうだ。私は教わったとおり、一日に何回も足を乗せて懸命に上下させた。

体全体が常に痛く、しんどくて、なんとも言えずけだるい。熱も三十七度台を行ったり来たりする日が続く。いつになく娘にもつい弱音を吐いてしまう。

「なんで、こんなにしんどいんだろう」

「頸椎やって腰をやって、一年間に四回も手術すりゃ、体力もなくなるんよ。体かて頑張ってるんと違う？　だんだんよくなるよ」

なだめられ、励まされてみると、たしかにそうやわ、と納得させられる。

だがしんどい一日はむやみに長く、あちこち痛くて身も心もこわばったままである。知らず知らず孤独な思いに沈んでいく。体全体が快方に向かうどころかますます消耗していくような気がした。長く重苦しい一週間がようやく過ぎていった。

それでもトンネルの向こうに微《かす》かな灯りが見えてきて、「我慢、我慢」と言い聞かせる元気も少しずつ出てきた。まずは力を付けようと、ご飯も胸にトレーを載せて努めてたくさん食べるようにした。ひとつひとつ明日に向かって積み始める、そんな日々がまたここから始まったのだ。

「起きていいよ」

ちょうど一週間目に先生の許可が出た。コルセットを装着して、いよいよ起き上がることになった。今回は以前より固い金属で作られた、自分の体にぴったりと脇から腰まであるコルセットだ。縦半分ずつになっているものを片方ずつ付けて、二つをマジックテープで止めるのだが、まるで鎧のようである。

起きようとするがそう簡単には起き上がれない。他人の体のようで思いどおりには動かなかった。先生に手を貸してもらって、やっとの思いで座ることができた。でも、支えていてもらわないとすぐに倒れてしまいそうだった。おまけに体全体が痛くてどうしようもない。

「横になりたい」

すぐに言って横にしてもらった。

「今日からもう、食事のときは起き上がって、座って食べていいよ」

そう言われてもなんとももまだ心もとない。回復しているのだろうが、よくよく体がきつくてこのときばかりは喜びも湧いてこなかった。

この日から座る練習が始まった。食事の時間に娘が来ると、

「起こして」

と頼む。抱きかかえるように起こしてもらって、やっとベッド際に座らせてもらうもの

の、痛くて痛くて、食欲が湧くどころではない。

「寝かせて」

こんな繰り返しで、あっという間に横になってしまう。座ってゆっくり食事できるのは、まだだいぶ遠い先のことに思えた。

少しでも座るようにしなければだめだと、まもなく電動ベッドに替えてもらうことになった。これならなんとか、ベッドの上にもたれて座れるので、少しは食べやすくなった。それでもやはりお尻が痛くて長くは続かない。申しわけ程度の時間だけそうしているに過ぎなかった。

スライスしたというお尻は、鏡餅のひび割れという感じで、いつまでもボテボテとしていた。体全体は重たいし手術の傷は痛むしで、都合四度目の術後の闘いは、予想をはるかに超えて辛いものになった。しかも、手術で取ってほしかった痛みが、まだ残っていたこともひどく気になっていた。昼間はいいが、夜ともなれば、だれとも分かち合えない長い時間を、じっと押し黙って過ごさなければならなかった。

手術による体力へのダメージを引きずっている間に、いつのまにか十一月も半ばになっていた。遅々とした歩みではあったが、座っていられる時間はわずかながら二分から四分と長くなっていた。分単位の変化では大して喜びも起きなかったが、日を追うにつれてそれは長くなり、それがとうとう三十分になったときはさすがに達成感があった。

「バーバ、はい、これ」

バラの花を一輪だけ持って、孫が娘に連れられてきた。こんなときには私もいつもより張り切って、できるだけ座ったままの姿勢でいようと思う。

「この子、自分のお小遣いで買うって。だから、たったの一輪だけだったの」

「バーバ、お花、大好きだもんね」

「わあ、きれい、ありがとう」

入院している間に小さい孫が急に成長したように感じながら、小さな手から一輪の花をもらった。早く元どおりの生活に戻りたい。治ったら孫を連れて旅行もしたいと、小さな顔を見ながら、めげずにリハビリに励もうと思った。

やがて車椅子に乗れるようになり、室外へ出られるようになると、毎日の生活にも張りが出てくる。心持ちも自然と明るくなっていった。

だが、やはりまだ胸の奥につかえたものがあった。このころになっても、私の足には手術で取れるはずの痛みがまだ残っていたのだ。

「先生、これ、いつまで痛いの」

内心苛立ちながらたずねるのだが、先生もはっきりと答えられない。

「もう治まってもいいころなんだけどなあ……」

と言うだけだった。

「睡眠剤をください」

癒着がないかを見るために犠牲になったお尻は、相変わらずボテボテと痛い。車椅子に乗って動くときにもこれが最大の悩みであった。

夜は痛み止めの注射をしてもらって、うとうとと眠るが効き目が切れると、とにかく辛い。周りが寝静まり、痛みに意識が集中するのでいっそう強く感じられるようだ。押し寄せてくる痛みは、悪魔のように思えることがある。夜の闇の中でたえず私を苦しめようと、夜ごと執拗に襲ってくる残酷な悪魔である。

痛みで眠ることもできず、食事もただ義務感で食べて、うつらうつらと目をつぶるといった夜が幾晩も続いた。このままではだめになってしまうと思い、ある日意を決して睡眠剤がほしいと先生に頼み込んだ。とにかく一晩だけでもいい、何もかも忘れてただぐっすりと眠りたかったのだ。

小泉先生はすぐに精神科の内藤先生を寄こしてくれた。穏やかでやさしく人を包み込むような感じの先生である。その内藤先生に、私は切々と今の窮状を訴えた。

「とにかく痛みが強くて、このままでは私心が病んでしまう。義務感で食べてるので、食事も辛いし」

先生はいかにも精神科の先生らしく、じっくりと私の心の叫びに耳を傾けてくれた。

「先生、抗うつ剤で、神経の痛みにも効く薬があるっていうやん、その薬を出してくださぃ」

先生はやさしい口調で答えてくれた。

「ちょうど使ったほうがいいと思ってたから、とりあえずその薬と睡眠剤で様子を見てみようか」

そう聞いた途端「眠れる」と、それだけでもう嬉しくてたまらなかった。その晩は期待に胸を弾ませながら、消灯の合図とともにさっそくもらった薬を飲んで寝た。

ところがその薬はたった四時間だけしか効かなかった。おまけに鎮痛効果のほうも全く期待外れで、目覚めと同時に痛みを感じた私はひどく失望した。

翌日、内藤先生はまた診察に来てくれた。

「どうだった」

「だめやった。四時間しか眠れんかった」

昨夜の状態を一部始終訴えると、

「じゃあ、薬をもう少し強くしてみよう」

先生はすぐに処方を変えてくれた。看護師さんが届けてくれた新しい薬を見つめて、

「今度こそはぐっすり眠れますように」

するとどうだろう、ぐっすりと眠れたではないか。痛みで時折目が覚めることはあっても、またすぐに心地よい睡魔に飲み込まれていった。そうして私は朝まで眠った。こんなことは何カ月ぶりだろう。寝覚めの気分はじつに爽やかで、十分な睡眠は体の底から元気を湧き上がらせてくれたようだった。

「よかったね、これで元気になるわね」

同室の人たちも明るく言ってくれた。

「今日からステロイドも使うからね」

小泉先生のほうも新しい処方を出してくれることになった。それを飲み始めたら、あれほど凄まじかった痛みにも、変化が見られるようになった。さしもの痛みの悪魔が、ようよう退散する気配で、

「今日はとっても楽、痛みも楽になってきている」

口に出すと、ますます元気と幸福な思いが満ちてくるのだった。

「今日はどうかな」

小泉先生はそれからも毎日様子を見に来てくれた。

「今日も耐えられるぐらい楽になったよ」

話す私も笑顔なら、先生も微笑んで私の報告を聞いている。

「真っ暗なトンネルの向こうに、光が見えたみたい」

「そうか、よかったなあ」

ともに闘った仲間のような懐かしい思いが広がっていく。ステロイドを服用している間はいつもこんな明るいやりとりが続いた。一週間ほどでステロイドをやめて、痛みの様子を見ることになったときは、また元に戻るのでは、と怖れながら過ごしたが、そこも無事に通り過ぎた。このままずうっと痛みのないまま続いてほしいと、祈るような気持ちであ

る。

十日が何事もなくたち、ほっと安堵。穏やかな日が戻ってきた。

こうしてようやく痛みが治まると、今度は体力の衰えが気になりだした。背筋、腹筋がともに弱っている。座る時間も意識的に増やしているが、術後一カ月になっても座るのは大儀だった。かつてはなんでもなかったことがこんな苦痛になるとは思わなかった。八月に腰椎の最初の手術をしてからこれまで三カ月、使わないでいると筋力はこれほどまでに弱るものだろうか。

一方、手術の傷そのものはどんどん回復していた。体全体がバラバラになったように感じた傷や痛みが、日一日と癒えていくのだから、人間の自然治癒力はすごい。たとえるなら赤ちゃんの成長のようだ。座れて、這えて、一歩ずつ歩けるようになる。私の体もその成長の道のりを、この歳になって再び辿って、少しずつ着実に体力を取り戻していったのだ。

足が使えない分、腕で頑張って車椅子もだいぶうまく動かせるようになり、病院内を自由に移動できるようにもなった。術後一週間目のときは、看護師さんに押してもらってリハビリ室へ着くまでが我慢の限界。車椅子から時間をかけてゆっくり、リハビリベッドの上に横たわるのがやっと、という日が続いたのだ。看護師さんに押してもらえたのも三日ばかりである。どうしてかなんの宣告もなく、忘れられてしまったのか、その日はいつまで病室で待っていても看護師さんに来てもらえなかった。一人でできると思われていたのだろうか。しばらくはどうしていいか、わからなかった。ただボーッと待っているのが辛く、頼んでみようかとも思ったが忙しい時間に悪いという思いもあった。

ボテボテしたお尻の痛みを堪えながら車椅子の両輪を必死に回して、結局自力でなんとかリハビリ室へと辿り着いた。その日からこんなに力を付けていつのまにか自由に車椅子を動かせるようになったのだ。言わずとも、患者に自立を促す看護師さんや先生方はさすがである。

そして手術から一カ月以上がたった十一月の末。

「後はリハビリだけやから、頑張って」

小泉先生はいつものように私を励ましてから続けた。

「どうや、リハビリ棟に移るか」

ここを去るのはほんとうはまだ不安だった。だが、私が居座れば入院や手術の必要な人が入れなくなる。早く社会復帰を果たしたい。弾みをつけて私は気持ちの舵を大きく切ることにしたのだった。

第五章　白い部屋の住人たち

院内ストーカーの恐怖

外の世界でも同じだが、病院という白い壁の中の住人たちは実にさまざまである。排尿障害を回避するための腰椎の手術の後、間断ない痛みとその原因がわからないことに苦しめられていた、精神不安定な時期のことである。「弱り目にたたり目」と言うが、私が巻き込まれたとても不愉快な出来事のことを話そうと思う。

全くとんでもない人がこの世の中にはいるもので、毎日毎日痛みと格闘している私に、自分が暇を持て余しているばかりに、ちょっかいをかけてきた人がいたのだ。そのお騒がせ男は、隣の病室に骨折で入ってきた。

私の相部屋の人がやっている店に来るお客さんだとかで、私にはなんの関係もないが、初対面のとき、別に愛想悪くすることもないので適当に相手をしたのが、まずかったのかもしれない。痛みに悩まされていたときで、だからといって同室の知り合いに不機嫌に接したら悪いと思ったのも災いした。その四十男は、顔見知りになると、

「タッチ」

と言って、胸に触ってくるようになったのだ。

「やめて」

痛みに苛まれながらそのつど強く怒るのだが、ニタニタと悪びれもせずに、

「僕ちゃん、大きいおっぱいチュキダモン」

などと甘え声を出すのだからぞっとする。私のバストは大きいほうでこれまでに何度も電車の中などで痴漢に遭っており、慣れていたので甘く見られたのかもしれない。毎日のように、廊下での出会い頭、食事のパンを焼きに行くときなどにも、いきなり隙を衝いて胸を触られるようになった。

「やめて」

「ウレチィ、クチェニ」

という口調がまた、たまらなくいやらしい。ほんとうに腹が立つ、いや、腹ばかりではない、全身に鳥肌も立つ。怒りで体がカーッと熱くなるが、そんな私の気持ちにはお構いなしで、失礼にも女性の病室に前触れもなく入ってきたりする。足の痛みをしのごうと片足を立てて寝ていると、

「男を呼び込むオーラが出てるう〜」

などとぬけぬけと言う。そうこうするうちに、看護師さんたちが遠い部屋にいたり、私の同室の人たちが留守なのを狙って侵入してくるようになった。だんだんストーカーのように、絶えずどこかでじっとこちらを見ているのである。

そして、あろうことかいきなり布団をめくったり、

「足、きれいだね」

素足を触ってくる。胸はもちろん、お尻も触る。足腰の痛みをずっとこらえている私は、咄嗟にその手を払い退けることができないのだ。

「出ていってっ」

堪忍袋の緒も切れて私はあらん限りの力を絞ってどなりつけた。だが、その男はどこかヘンなのかちっともこたえた様子がない。

「ウレチィクチェニ、ボクチャンカワイイデチョ」

　こちらの言うことなど全く聞く耳なしで、いい歳をして舌足らずの赤ちゃん言葉を使ってなおも喋り続ける。「あほか」、怒りで目が眩みそうになる。

「ヨルクルカラ、マッテテネ」

　完全におかしくなっている。もう許せない。ほんとうに来るかもしれないと、不安にもなり、看護師さんを呼ぶが、その日は三連休の初日で普段に比べて極端に病院の中は人手が少なかった。聞けば、看護師さんにも、

「オテテ、カワイイネ」

　などと言って手を触っているらしい。事情を知った婦長さんに、次にこんなことがあったら退院してもらうと、最後通牒を突き付けられたそうだ。だがそれに懲りるそぶりもなく、すぐその後には、自分の食事に髪の毛が入っていたと、

「婦長を呼べ」

　などと嫌がらせをしていたというのだ。

　そんなところへの私の訴えで、その日のうちに男は強制退院させられることに決まった。

　やれやれ、とやっとほっとしていると、退院する直前男が二度も部屋に入ってきたので

ある。

強制退院男がまた忍び込んでくる

「僕、退院するけど、リハビリ来るからな」

まるで恋人に束の間の別れを告げに来たというふうだ。連休で同室の患者さん二人が外泊しており、病室には私ともう一人しかいないのだ。彼女も気味悪がって、

「怖いね、仕返しされるんと違う?」

私に心配顔で訴える。強制退院は主任さんの対応だったが、それをいつにするか事前に一言、私にも相談してほしかった。看護師さんの手が揃っているときならばまだしも、こんな閑散とした日にこの強制退院処置は怖かった。あれやこれやよからぬ想像が湧き、頭から離れなかった。

リハビリの先生にも相談して、男と会わないように時間をずらしてもらった。病院は今後何かあったら診療拒否をすると申し渡したというが、冗談ではない。何かあったら、では遅いのだ。私は車椅子だし、痛いし、逃げられないのに。

「何かあってからだなんて、まるで警察と一緒やん」

そう思うとますます腹が立ってきた。

それでも守衛さんにも話が行っており、すでにチェックが入っているという。また患者さんの中に一人、私の胸をその男が触ったところを目撃していて、その場ですぐきつく男に怒ってくれた男性がいた。

「この件が問題になったら、いつでもおれが証人になったるで」

その男の人がだれよりも心強い私の味方だった。

男が退院して数日が過ぎたころである。またその男が病院に来たという話を、応援してくれている男性から聞いた。男は知らん顔をしてエレベーターに乗り、私のいる四階へ上がろうとしていたそうだ。

「自分のしていることがわかってるんか。四階には絶対に上がるな」

男性はすぐさま怒鳴りつけてくれたということだ。

おかげで私は、二度と被害に遭わずに済んだ。こんなことが病院内で起こるのだから世の中はほんとうに変な人が増えている。何度ピシャッと言ってやっても自分の都合のいいようにしか考えないのだから驚かされる。この経験は私を心底慄然とさせた。

十五年前にも、外でストーカーに付きまとわれた経験がある。今回のことで、とうに忘れていたその出来事まで、ここに来て一挙に思い出してしまった。過去の古傷がずるずると記憶の奥底から引っ張り出されたかたちで、ますます不愉快だった。最近ではストーカーという言葉もずいぶん周知のものになったが、当時は警察も全く何もしてくれなかった。今回は大事には至らなかったものの、何度も手術をした挙げ句にこんな目に遭うなんて。よくよく運が悪いのだろう、と厭世的にさえなる。一日も早く力を取り戻したいとあせりにせっつかれる。ストーカー男の出現は、自分が肉体だけでなく精神も弱者になっているとあらためて思い知った事件だった。

困った二人

七月の末に入院して以来四カ月あまり。たくさんの患者さんが入院してはまた退院していくのだが、心を開いて励まし合った人たちの退院を見送るのはとても寂しい。

「また取り残されてしまった」

そんな思いが胸を過ぎる。だれかが退院すれば、また新しい人が入ってくるのだが、今度はどんな人なのだろうと、さすがに私でも少し不安になるのだ。元気なときと違い、絶え間ない痛みに打ちのめされて消耗しているときだから、新しい人との関係づくりはやっぱり力《りき》が要るのである。

入院して二回ほどは個室に入ったこともある。けれども、個室は看護師さんや、家族と見舞いの人が入って来る以外は、ほかに気が紛れることがない。テレビもカード式になり、千円のカードはあっという間になくなってしまう。自分のテレビを持ってきたときは電気代を少し支払うだけだったのに、便利なのも良し悪しだなと思わされた。テレビだけではなく、冷蔵庫もカードなので、切れるとたちまち常温になってしまう。

自分で出し入れできない状態のときは、これに気付きにくく、手術の後などはほんとうに困った。病院は合理化したつもりだろうが、患者にとってはあまり感じのいいものではない。高齢になると、このシステム自体をわからない人もきっと多いことだろう。要領を得るまでに私なども数日かかった。

長い痛みのトンネルのさなかにあって、私はやっぱり相部屋、大部屋のほうがいいと思った。声をかけ合える人がいつも側にいるというのは、とても気持ちが和むものである。喋るのも大儀なときは、患者さん同士が話すのを聞いているだけでも気持ちが紛れる。あれほどの痛みの中にあって、かろうじて精神の均衡を保てたというのも、だれかと同室だったことが大きいと思う。ときには隣人が気になることもあるが、なんと言っても精神の健康のためにはいいのだ。

そんな入院中の病棟は、ちょっとしたエピソードに事欠かなかった。

同じ病室でメイワクなことをやってくれたのは、耳の手術で入院していた二十歳になったばかりの若い娘さんだ。ある日、若い男の子が見舞いに来たのだが、これが夜遅くまで帰らない。付き添いはいけないはずなのにいつまでいるのかと思っていると、夜中近くなってやっと帰っていく。

彼はいつも夕方の六時ぐらいから来る。目に余ることがあっても、恋人が心配なんだろう、若いんだから常識がちょっとくらいなくてもしょうがないわ、と思っていた。ところが、かなり日数がたってからも彼は夜遅くまで帰らない。おまけに彼女は彼が来ると、ベッド周りのカーテンをさっと閉めてしまうのだ。ちょうど私のベッドからは彼の靴だけが見える。

来たばかりには、話し声もしばらく洩れ聞こえてくる。だがその後は、ベッドの上に上がった気配がして話し声はピタリと止んでしまう。なんとも言えない妙な雰囲気が病室の隅々まで漂ってくるのである。

同室者はみんな自分のことに集中したいのだが、どうも気になる。テレビを見る人、雑誌を見る人もどことなく落ち着かない様子だ。和やかなおしゃべりを愉しみたい夕食後のひとときが、妙な具合になったものだ。そんな数日の後彼女はやっと退院していった。

空になったベッドを見ながら皆同じことを考えたのだろう、

「病気のときぐらい我慢すればいいのに」

だれかの一言で、みんな一斉に吹き出してしまった。

なんで私がカウンセラーやらなあかんの

明けても暮れてもリハビリ、だったころのことだ。入院も長くなり、人とのかかわり合いも自然に濃くなっていた。私が仕事上若いお母さんたちの相談に乗り、カウンセリングの勉強もしていたことが知れてか、入院中の一患者の身でありながら妙に相談を持ち込まれることが多かった。一度話を聞くと、その人にしてみれば、私は秘密を明かした親密な相手ということになる。そのためその人が納得し十分に満足するまで、私は何時間も話を聞くことになってしまった。

　リハビリ棟に移る前、いつも相談に乗っていた女性がいた。私が病棟を移ることを知らせると、なんとその人は、一緒に移りたいと言い出して看護師さんや先生を困らせた。結局は病気の状況が違うと、きっぱり先生に断られてしまったのだが、その人は考えて妥協策として夜な夜な私を訪問しはじめたのだ。

　夜は決まって消灯時間の九時に、その人は私のいるリハビリ棟にやってくる。私はほかの人の迷惑にならないように気を遣い、食堂へ行ってカウンセリングをすることにした。

　彼女の病棟には私が電話を入れて、居場所をはっきりと知らせておく。また話が終わったときには、これから帰しますという報告を入れる。ときには夜中の二時までも延々と泣きながら訴えられたこともあった。乗りかかった船であり突き放すわけにもいかないので、私もじっくり付き合って対応しなければならなかった。話をよく聞いてから、ひとつひとつていねいに納得させていくのである。

　そしてやっとそれぞれの病室に帰るのだが、これが毎日のように続いたのだから、とてもしんどかった。彼女が退院するまで、ずうっとこんな具合である。彼女はこれまで病院を転々としていたようで、どこの病院に行っても同じようにだれかを必要としていたらしい。

相談に乗りながら、

「私は患者なんだけど」

ときどきふっとそう思うことがあった。

「これって婦長さんの仕事だよね」

病院では、婦長さんも看護師さんも終日業務で忙しく立ち働いている。患者が何か相談したいと思っても、声をかけるのもはばかられるときがある。自然と同じ患者同士で頼り合うことになるのだが、抱えている問題によっては頼られても患者の身には重たいこともある。そんなときやはり病院には、心のケアができる担当者がいてくれなければと思ったものだ。

ときには医者と患者の間に入って、橋渡しをすることも必要だろう。看護師と患者のトラブルにも手を差し伸べる役目の人がほしい。こんなとても大切なことが、やはりまだまだおろそかになっている。病室をまめに回って患者に積極的に話しかけたり、患者に心の問題が起きたとき、いつでも相談に乗るカウンセラーが病院には必要だ。心の問題は少なからず体の回復に影響してくるだけに、病院内のメンタルケアの不足を感じずにはおれなかった。

「お見舞いのお花がきれいね」という一言で構わないから、積極的に患者とコミュニケーションを図り、だれとでも自然に会話ができ、精神的なサポートを行う職員がいればどんなにいいだろう。そうでないと、患者はだれに相談したらいいのかわからない。患者同士でそんなことを長々と話し合ったこともあった。

私としても、実社会に戻ればそれが仕事のうちとはいえ、入院中までもカウンセリングをするはめになるとは思いもしなかった。実際負担はかなりのもので、

「私は患者だよー！」

思わず叫びたくなるほどだったのだ。

男性のほうが弱いかもしれない

日ごろ私に相談を持ちかけてくるのは、女性がほとんどだったのだが、この入院中には初めて男性からの相談も受けた。今まで妻子を養い、立派に会社勤めをしてきた様子の中年男性だった。女性の悩みはこれまでたくさん聞いてきたが、男性、しかも見るからに落

ち着いた中年男性の悩みまで聞くことになるとは思わなかった。私がほかの患者さんのカウンセリングをしていることを知ったのか。あるいは、なんとなく話を聞いてもらえそうだと直感したからなのだろうか。

この人だけではないが、男性の悩みを聞いて思うのは、女性よりも男性のほうが弱いのではないか、ということだった。たとえばこの人の場合は、今まで妻子を養う立場でずっと生きてきたのに、病気になって妻に頼らなくてはならないのが、どうにも悔しく情けないと感じているようだった。長年一家の大黒柱としてやってきたというのが自負だから、それが打ち壊されるともうどうしていいかわからないのだろう。二軍落ちした選手のような辛さがあるのだろうか。夜などに私の部屋に来て、涙を流しながら話すのだが、自分の気持ちを家族には言えないのだろうかと、私も初めはかなり当惑したものだ。

同じようなことを毎夜話しては戻っていくのだが、そんな繰り返しのうちにその人も少しずつ今の自分の状況を受け入れることができていったようである。私も痛みに堪える患者なのに、人のカウンセリングをするというのは、思いのほか疲れることだった。それでも、こうしてだれかの役に立てたことはやはり嬉しかった。

どの人もみんな同じような経過を辿って立ち直っていくようだった。初めはがっくり肩を落としてやってくるのだが、ただただ話し続けて、いつしか元気になって戻っていく。それを見るとこちらまで幸せな気持ちになってくる。気持ちを打ち明けて話したからといってその人の現実は何も変わっていないのだが、他人に聞いてもらうことで、あらためて自分の心がどうなのかに気付くという効果もあるのだろう。吐き出すだけで、心持ちやとらえ方に変化が生まれるのかもしれない。自分自身に対する思いや評価が明るいほうに変わって、楽に息ができるようになった、という感じである。

だから何も私が説得しようとしなくても、ただ根気よく聞いてあげることで彼らは自分で解決していくことが多い。心の中をだれかに話せればそれでいいのだが、「話す」相手が必要なそういうときに、そばに話せる人がいないと言う。私を母とも姉とも感じるのか、私には何を話しても悪意には取られないだろう、という安心感がどういうわけかあるらしい。

私もその人が元気になってくれさえすればいいと思うので、

「なんだか、だんだん元気が出てきたわ。なんでやろ」

という言葉が相手から飛び出してくると、ほっと顔が緩む。それまでに費やした長い時間が一挙に報われたようで私も嬉しくなる。

「よかったな。もう大丈夫やで」

と、一緒になって喜ぶのだ。帰っていく後ろ姿はみんな、私より元気なくらいだ。人間はこんなふうに変われるダイナミズムをだれもが持っている。私はそれを引き出してあげるために聞き役でいるだけなのだ。

初めから私に好意的で、すぐに心を開いてくれる人がいる一方で、いつも一定の距離を保っていながら、時折接近してきては嫌みのようなことを一言だけ言って、さっと行ってしまうというアプローチをしてくる人もいる。

一回目の頸椎手術のときのことだった。私と小泉先生が和やかに話しているのが気に障ったらしく、

「まるで恋人みたい。私のほうを向いても全然笑わないのに、先生ったらにこにこして」

そんな嫌みな言葉がその人が私に話しかけた第一声だった。長い入院生活では人と仲良くやっていかないといけない。そんな言い方をされた相手だったが、感情は極力抑えて、その人にも根気よく接するようにしていた。すると、時間をかけていくうちに彼女はどんどん私と話したがるようになり、自分のほうから生い立ちなどもポツリポツリと話すようになった。

聞けば、小さいころから親の愛情というものを知らずに育ったと言う。かなり年上の男性と結婚して子どもにも恵まれてはいたが、いつも愛情に飢えたような精神状態でいるのがわかった。

夫が愛情豊かな人だったなら、きっとうまくいったのかもしれない。ところが妻を子どものように見下げて扱う人なので、心の基盤が安定していないようだった。そのために小泉先生に対しても、もっと自分のほうを向いてほしい、やさしくしてほしいと思うらしい。

この女性を見るにつけても、幼児期の愛情の基盤が人格形成になくてはならないことを痛感させられる。幼児期の愛情の渇望は、大人になると異性問題に多く表れてくるように見える。独身であっても結婚していても、相手をしんどくさせるほど独占的な行動に出たり、逆に自虐的な行為に走ることが多い。

いつも自分の評価を気にして落ち着きがなく、他人の軽い言葉を信じやすかったりもする。単に弄ばれているだけのものを愛情と錯覚したり、ひどく寂しがりやで相手かまわずすり寄っていくようなところもある。親になったときに、この傾向はまた子どもたちとのかかわりに様々な問題を起こしかねない。

そんな問題連鎖を起こさせないためにも、私は子育てをしているお母さんの支えになりたいといつも思う。悠々と肩の力を抜いて子育てができれば、そして親がいきいきと過ごしていれば、子どもも無意識にその感覚を覚えると思うのだ。

悩みのあるお母さんと話し、そのお母さんの心を晴らすことが、その子ども、ひいてはそのまた子どもたちに確実に生きてくると確信している。よしんば、今の私の微力ではどうにもならなくても、私の思いがその子どもたちに届きますようにといつも思うのだ。

第六章　心もリハビリテイトする

自力で立ち上がる人の美しさ

M病院の地続きにあるリハビリセンターに移ったのは、十二月に入ったころである。リハビリのための入院病棟は三階にあり、一階はリハビリルームになっている。ここでは手術や治療後の人たちが、社会復帰を目指して毎日トレーニングに励んでいる。理学療法士、作業療法士、言語聴覚士らがそれぞれの患者に付いて、熱心に指導してくれるのだ。毎日、時間が来るとみんなはぞろぞろと一階へ下りていき、それぞれの療法士のもとへと散らばる。体力に応じて一時間、二時間と、状態のレベルアップのために自己との闘いを始めるのである。リハビリルームはいつもたくさんの人の活気に満ちていた。

四カ月余りいた入院病棟では食事はベッド脇で取っていたが、ここでは広い食堂でみんなで食べるところが大きく違っていた。自分で食べられる人、介助をしてもらって食べる人、流動食を鼻から注入している人もいる。大きなよだれかけをしてもらって子どものように食事をしている男性、女性の姿もある。

ここに移ってきたとき、もう私は車椅子を自分で動かして、食堂でもどこへでも行けた。手にしびれは残っていたが、幸いなことに食事も自分でできた。この大食堂に下りてきて自立して食事を取れるだけでもつくづくありがたいと思った。

様々な症状の人たちと一緒に生活していると、だれもが自分の目標に向かって懸命なことに、今さらのように気付かされる。何度も体にメスを入れられ、痛みと孤独に耐えてきた私には、このリハビリ棟はその先に続く広い世界への通過点、長い廊下のように感じられた。

理学療法士の浜崎先生と川原先生は、どこをどうトレーニングしたらいいのか、皆目わからない私に一から教えてくれた。適切な抵抗を与えてくれたり、動きにくい部分を伸ばしたり曲げたりして、私の取り組む課題を示してくれる。私はどの方向に力を出し、どこに力を入れるべきなのかをなんとか体で覚えていった。牛歩より遅いくらいだったが、毎日毎日、自分でできることが少しずつ増えていくのがわかった。

このリハビリセンターには意外に整形外科や外科の患者は少なくて、脳卒中などの脳血管障害や大きな事故の後遺症の人が多かった。放っておけば寝たきりになってしまうだろう高齢者の人が、訓練を始める。

初めは寝たままで、リハビリの機械に助けられながら、少しずつ足に力を付けることから始まっていく。少しずつレベルアップをして、いつのまにか立ち上がれるようになったときには必ず周囲の人をあっと驚かす。そしてやがては脚力をすっかり回復して、一歩一歩、自分の足で歩き始める日が来る。

そんな高齢者の姿が病棟のあちらこちらにあった。

「人間て、なんて素晴らしいんや」

人が自力で立ち上がる姿は、ほんとうに力強く美しかった。リハビリは努力することの大切さを教えてくれる。浜崎先生や川原先生たちのリハビリにかける情熱も、それだけにとても大きい。患者を励まし、毎日の繰り返しの中に目標と達成感を与えてくれる。何もしないところには何も起こらないが、少しでも動き始めると決して逆戻りにはならない。どんな人にも今日より明日が待っていると思わせてくれる、そんなリハビリシステムを私は心から素晴らしいと思っている。

リハビリ病棟に移ってしばらくして、やっと歩行器を使っての訓練が始まった。ここまでこぎ着けたことに感動しながら、私は最初の一歩を慎重に踏みしめて歩いた。ただひたすら「歩く」感覚を呼び起こしながら、病棟の長い廊下を、初めて自分の足でゆっくりと歩いた。

「歩ける、歩ける」

五カ月ぶりの、感無量の第一歩だった。

ここまで来ると、社会復帰への思いはいやがうえにも盛り上がっていく。私ばかりではなく、復帰を期して真剣に取り組む姿は、リハビリルームのそこかしこにあった。高齢の方が多いだけに、年齢に負けない凛とした姿は何よりの励ましになった。

晴れて退院されていくときの後ろ姿を、私はいつも尊敬と羨望の眼差しで見送った。私にも、その日が早く訪れるようにと、希望で胸を膨らませたものである。

しかし、高齢の方が次々と回復していく中で悲しい出来事もあった。食事のときにいつも仲良くしていた方が、ずいぶんよくなってきていたのに、エレベーターの中で同じ足をまた骨折してしまったのである。左右の足の高低が違っていたために、そのときは片方を高くした靴を履いていらして、息子さんと一緒にリハビリルームへ下りようとエレベーターに乗り、うまく向きを変えきれずに転んでしまったらしい。

気丈な方で意欲も十分だったようだが、体のほうが付いてこなかったのだろう。頑張ってリハビリされてきたのを知っているだけに私もとても辛かった。ほんとうにあと一息で退院されるところだったのだ。これまでの道のりだってとても長かったに違いない。それなのに……。慰めの言葉もないとは、まさにこのことだろう。

「また、頑張ろうね」

こんな言葉で元気が出るとは思えなかったが、私にはそう言って励ますことしかできなかった。あと一歩の時期の大切さをつくづく知らされる出来事だった。

なんて素敵なお年寄りたち

今までは自分と同年齢か若い人とのかかわりがほとんどで、聞き役になり助言をすることのほうが多かった。でもリハビリセンターでは、逆にいつも私が様々なことを教えてもらい、与えてもらえる。そんな環境はすごく新鮮で、私にとってはまるで宝物のように尊く思えた。

こんな年になってからこの訓練は大変だろうなあ、と思うような方が、毎日こつこつと一生懸命にリハビリをされている。若い人は結構手を抜くものだが、昔の人というのは、見えないところでもきっちりとやる。そんな姿が私には偉くも見え、羨ましくも思えた。小さな力を積み上げて、ある日、ほんとうに大きな成果を上げていく。特に高齢の方が、岩をよじ登るような努力をして、歩けるようになったときの、あの素晴らしさには胸を打たれた。

「あのおばあちゃん、あんなに頑張ってんやから、私も頑張ろう」

このリハビリ棟に来て、何度そんな姿に励まされたことだろう。

ここに来たばかりの私は、歩行器でリハビリルームまで行くのがやっとだった。いつになったら、この鎧のようなコルセットを外せるのだろう。いつになったら、歩行器に移れるのだろう。そしていつになったら歩くことができるのか、と気が滅入る日もあった。

「動けないんか」

「うん、ここまで来るのがやっと」

私を見つけると、高齢のその方はいつも自分のほうから声をかけて、何度も元気付けてくれた。自分のことだけでもどれほど大変だろうと思うと、申しわけなさやありがたさで胸が一杯になった。

心のやさしい方なのに、リハビリのときはいつも怖いほど真剣な表情で、いつも黙々と足を鍛えている。私はそんな様子に胸の奥がキュンと動かされて、あるときふとその方に聞いてみたことがあった。

「おばあちゃんは、何がしたいためにそんなに頑張っているの」

するど、少し寂しそうな顔になって、

「お家へ帰りたい」

ぽつりと言ったのだ。

「それで頑張ってるんだあ」

「ああ、そうだよ」

その方はこんな質問をする私を子どもっぽいと思ったのか、我が子を見るようなやさしい目で私の顔をしばらく見つめた。

「じゃあ、私も頑張るね」

「うん、頑張りね。私だって頑張ってるんだから、頑張りね」

そう言って、やさしい目をしばたたきながらこう励ましてくれるのだった。

高齢者のひたむきな姿はときに亡くなった父や母の無言の教えのようにも思える。私もいつかは年を経て、若い人たちの視線を胸を張って受けられるようになれるだろうか。私の中に未来の自分に対するイメージがふつふつと湧いてくる。そんな中でも印象に残った人が一人いた。

九十歳を超えてなお美しい人

その人は、会うたびにこちらの背筋も自然と正されるような女性だった。

地域でいろいろな会をまとめているそうで、常に自分が率先して何事も行うという生き方が染みついているようだった。その方の同室に肩を骨折されている患者さんがいて、食堂に行くときは、廊下の端から端まで車椅子を押してもらわなければ動けない。

そこで私が押して、食堂から部屋へとお送りするのだが、そのたびに九十歳を超えたその方が、まるで室長のようにていねいに私に挨拶をされる。

「私がお世話をしないといけませんのに、いつもお世話をかけて申しわけありません」

見ればその方は自分も足を骨折されている。よくなったとはいえまだまだ人のお世話をできる状態には決してないのだ。にもかかわらずしないといけないと自分を律する気持ちがだれよりも強い。

私が車椅子を押していくたびに何度もこのようにお礼を言うので、車椅子に乗っている方はそのつど首をすくめて私の顔を見る。

「私のことで、あんなにお礼を言われてしまうと、こっちも気を遣うなあ」

母親か姉のような振る舞いに車椅子の方もつい苦笑される。それも無理はない、ごく普通の感覚だろう。

でも少々型破りな方ではあるものの、その方と話しているととても九十過ぎには思えない。頭がはっきりしていて、どんなときでも私と対等に話をされる。自分のことは自分でという気持ちも強く、いつも身ぎれいにしてきちんとお化粧もされている。私などはスッピンのままで食堂に出入りしており、見習わなければいけないなといつも反省させられてしまう。

その方はまた聞くところによると、八十幾つかのときに、年を取っても呆けないように頑張ろうという会を作ったという。近所の高齢者を誘って旗揚げした会のリーダーとのことで、たしかにあの風格や日ごろの言葉から十分に頷ける話である。見ていてすごいと思わされることがたくさんある方で、若い者を魅了する精神力に私はいつも脱帽していた。

リハビリをきっかけにいろいろな方たちと接してみて、このぐらいの年になると人間の生き様が外側にくっきりと出てくることを感じた。私も六十を過ぎたときに自分の生き方がもっと顕わになるときがきっと来ることだろう。そのときに恥ずかしくない生き方をしていたい。

人の生き様はまた、家族との関係に如実に表れてくる。突如脳の障害を負った男性は、自由が利かなくなってから家族にほとんど見捨てられたようになっている。わがまま一杯、好き勝手にして生きてきたのだろうか。季節が変わってもパジャマも届かない。やはり自業自得と言うべきなのか……。なんだかとても物悲しい。妻が来ないならせめて子どもだけでも来てあげればいいのにと思わずにはいられない。

いつも家族が来て幸せそうな人、だれも来ない人、この差も激しい。たまに見舞いに来ても、間に冷たい空気が流れているような夫婦もいる。当人同士は隠しているふうでも、案外他人にはその違和感は伝わってくる。かく言うものの、最初の頸椎の手術で国立大阪病院に入院したときの私がそうだった。

そのとき、三カ月もの入院生活で夫が見舞いに来たのはたったの一回だけだった。そのときは嫌な思いもしたが、私には当時もいつも見舞いに来てくれる娘や友だちがいた。私にはなんの不自由もなかった。お見舞いの花はいつも病室に飾られて途切れることがなかった。

夫婦でなくても肉親でなくても、長く入院したときに顔を見せに来てくれる人が一人でもいればそれで十分だと私は思う。心が弱ったときにそんな人たちが顔を見せてくれることは何よりも元気が出るものである。

やっぱりだれ一人訪れる人がいないのは、はたで見ていてなんとも切ないものである。

このように家族の絆までが見えてしまう病院生活だが、たまにいい関係を築いている夫婦を見つけると、結婚に懲りた私でも思わずうっとりさせられることがある。

「ああ、いいなあ」

思わず内心ため息が洩れるような素晴らしい夫婦というのも、数ある中にはいるものだ。いたわり合い庇い合う暖かい空気が、たちまち辺りに伝わっていく。側にいる私たちまでが、軽い恋患いに感染してしまうようだ。互いに尊敬し合いながら重ねた年輪が、言葉やふとしたしぐさから伝わってくる。

「あんな夫婦ならいいなあ」

私にも人間的な夫婦の情への憧れはまだある。年を取って体を病んだ人間同士に必要なのは、尊敬し合う心と、素朴で温かいいたわりではないだろうか。それを体現している夫婦はやっぱり見ていても美しい。我が身を顧みて、自分の結婚のどこが間違ったのだろう、とつい考え込んでしまうのだ。

お風呂友だち

同室の患者さんには八十一、二歳の人が二人もいた。亡くなった母と同じ年齢だというだけで、不思議と和らいだ気持ちにさせられた。一人の方はずっと主婦をされていたようで、考え方もどこか型にはまっているのだが、それがまた、

「母と一緒や」

と懐かしさが込み上げてくる。

もう一人はキャリアウーマンだったらしく、新聞も端から端まで全部読むような方だっ

た。話していても現役の私と対等にやりとりできるので、話題も多岐に及び、いろいろと楽しかった。この三人でよく一緒に浴室へ行った。

「さあ、お風呂へ行こうか」

「行くよ」

「用意できた？」

三人ともリハビリの途上で、だれもがまだ半人前で頼りない。

「脱いだか」

「まだ」

壁を伝いながらそろそろと風呂場に入っていく。介助こそ要らなくなったものの、やっぱりまだ、みんな怖々と歩いていた。でも三人ならば、もしだれかに何かが起こっても、ブザーを押してあげることぐらいはできる。一人で入浴するよりもずっと気持ちが大きくなった。

「とってもきれいな体してるね」

湯けむりの中で、そう誉めてくれるのは八十一歳のおばあさんである。それでも、私は誉められて子どものように嬉しかった。

私はいつもいつも、彼女たちから計り知れない元気をもらっているように感じた。温かい湯船に浸かって、三人でいつのまにか女学生のような気分で話をしている。こうして寝食をともにし、裸同士になって、世代を越えて親しくするのはとても素敵に思えた。

「ああ、癒されてるんだなあ」

人間的なぬくもりというのはこんなところにもあるんだと、私はつくづく知らされた。食事のときはまた別のメンバーと食卓を囲むので、そこでもまたお喋りの輪が広がった。そして、全く話に入れないという人たちにはまたそのグループがあり、看護師さんが食事の介護をしてくれるのである。

私たちのテーブルは毎日お喋りの花が咲く。みんなよくも話題が尽きないものと思う。やっぱり女性のほうがお喋り好きなのだろう、広い食堂を見渡してみると、男性よりも女性のほうが仲間づくりも上手いように見えた。忙しい普通の社会生活ではお喋り程度の人間関係がうっとうしく感じるときもあるが、こういう試練の場に置かれたときには、たわいのないお喋りが、毎日必要不可欠の大切なつながりになる。みんなそれぞれの現実は厳しい。だからこそ、屈託ないこんなひとときで心をほぐすことで、現実とどうにか渡り合っていけるのだと思う。

こうして日に一度は笑い声を響かせ合う生活をするうちに、私はM病院で二度目のお正月を迎えた。ただリハビリだけの毎日だったら辛い思い出ばかりだったかもしれない。それが、高齢者のみなさんの精神力や生き方に触れるという、この後、私の宝物になる体験をさせてもらった。老いに向かう心構えのようなものが、これを機に知らず知らず形成されたように思う。こんなにたくさんの頑張っている人たちがいる。その姿に心打たれながら、私の心と体は遅々としてではあるがいつのまにか回復していった。これからもまだまだ足りない力を、付けられるところまで挑戦してみよう――。新たな勇気も湧いてくるのだった。

ただ、感謝

一年間に四回の手術をした私は、こうしてリハビリ棟を退院した。体力はかなり回復したものの、家での日常生活にはまだきつい面も残っている。同じ姿勢で長時間座っていることも、まだまだ辛い。前傾姿勢での作業や、掃除機をかけたり食事づくりをしたりもそのつど、しんどさと闘ってである。

でもおかげで車椅子にもならず、リハビリの効果で杖をつかなくても歩けるようになった。何よりもあの痛みに襲われ続けた、先の見えない真っ暗闇の日々を思い起こせば、ただ、感謝である。これから先どんなことが待っているかはわからないが、あの日の試練を乗り越えられたことは、私の未来に大きな自信と勇気を持たせてくれる。

今はリハビリ科から一般のスポーツジムに移って、プールの中を歩いたり、スクワットや水泳をしたり、ヨガストレッチをして体のケアをしている。少しでも体に力が付くように、ひとつひとつ小石を積み上げるような気持ちで、老いに向かう自分のために備えている。

思わぬ病気をしたことで私もたくさんのことを学ぶことができた。初めて頸椎のヘルニアと聞かされたときは、

「ヘルニアって、腰だけじゃないの？」

という程度の認識だったが、手足に出ている症状であっても、原因は頸椎にあることが多いことを知った。整形の先生といってもだれでもいいというものではなく、それぞれ専門があるということも教わった。

またどんなに単調な訓練でもそれが自分で選んだことなら、最後までやり遂げられると

いうことがわかった。どんなに辛い手術でも、それが自分で選んだ道だったからちゃんと耐えられてきたように。

どんなときでも、決断するのは自分だ。医師や身内ではない、自分なのだということを今も身に染みて感じている。

第七章　頸動脈がない…

激しいめまい

人生は全く予測の付かないことが次々に起こる。この章は番外編のようなものである。本書は一年に四回の手術をした闘病記として終わらせるはずだったのに、実は原稿を書き上げた後になって、またもや全く別の新しい病魔に襲われてしまった。

整形外科で短期間に立て続けに受けた手術はきついものだったが、その間、心を奮い立たせ、体の回復を自分でもコントロールしようと頑張れたのだから、まだ気持ちに余裕があった、と、今回はつくづく思い知った。

命の意味というものをこれほど深く考えたのも、これが初めてだった。家族や友人、自然や生きもの、自分を取り巻くすべてに対する感じ方、とらえ方が数段深くなったような気さえする。急に何が変わったわけではないが、自分を「ひとつの生命」「存在」として見つめられるようになった。より自分らしくありたいと強く思うようにもなった。それほど、今回の病は私を強く揺さぶったのだ。

新たな異変は、二〇〇三年二月に起きた。朝、ベッドから出ようとしたちょうどそのとき、自分の体がいきなり逆立ちしたようになって、こまのようにぐるぐると回り始めたのだ。

「これは一体なんんや」

平衡感覚がまるきり滅茶苦茶になり、ぐらっとなった拍子にそのままベッドの下の床に、頭からガーンと落ちてしまった。

「どうしたんやろう、貧血やろうか」

しばらくはそのまま倒れたまま動けなかった。頭がひどく不快なのだが、全く経験のないめまいなだけに、へたに動くのがなんだかこわい。

しばらくしてトイレに行こうと思うが、トイレのある方角がさっぱりわからなかった。自分の家なのに、それがどの方向なのかがわからないのだ。

辺りを闇雲に這いずり回るうちに、やっとトイレに辿り着いた。トイレを出ようとしたときにも、まだ頭はぐるぐると回っている。気分が悪くて、そのままずうっとリビングの床にうつぶせでいるほかなかった。

それでもだんだん治まってきたので、電話で友だちに助けを求めようと思った。とにかくこれは普通ではない。すぐに病院に行かなければ。

「何か、逆さまにぐるぐる回ってるんよ」

自分ではしっかり発音しているつもりだが、今ひとつうまく言葉が出なかった。説明はしどろもどろだった。だがかえってそれで相手に異変が伝わった。ありがたいことに友だちは心配してすぐに飛んで来てくれた。

友だちの運転でそのままM病院に向かった。

平衡感覚がおかしいので初めは耳鼻咽喉科を受診したが、検査をしてもどこにも異常は見られないという。次に神経内科へ行くようにと言われて、今度はそちらへ回った。

車椅子に乗り友だちに押してもらって、また幾つかの検査を受けた。カルテを持たされて神経内科の外来に行き、先生にまた一から自分の症状を詳しく説明した。

「めまいの激しかったときには呂律もよく回らなかったんです」

この時点では少しずつ言葉もはっきりしてきたので、言葉を尽くして先生にそのときの感覚を訴えた。神経内科の検査の結果、

「恐らく血管だと思う」

と医師に言われた。

「国立循環器センターで診てもらってください、今、紹介状を書きますから」

紹介状を手渡されて、すぐに友だちと国立循環器センターへ行った。

そこでは診察が済むとさっそく検査入院ということになった。しかしあいにくベッドがひとつも空いていない。自宅でベッドが空くのを待つ間が、ひどくもどかしかった。またあのめまいが再発するのではないかと気が気ではなく、私は神経をすり減らしていた。

十日たってやっと検査入院ができることになった。それからは検査、また検査という毎日が始まった。心臓カテーテルのときのように、首の付け根の動脈から首の上付近までの血管造影をした。今までに心臓で二度ほどこれを経験しているので、検査自体には特別不安はなかった。

あれこれ憶測して不安を募らせるうち、とうとう結果が判明する日が来た。

頸動脈が一本消え失せている…

首の両側には手を触れると、ドクッ、ドクッと指先に触れる太い血管がある。もし切れれば天井までも血がほとばしり出る、という頸動脈だ。担当医師は、頸椎の両側にある左右四本のその頸動脈の、あろうことか左の一本が首の中で切れて消え失せている、と私に告げたのである。

あのしっかりした頸動脈がきれいさっぱり消滅してしまっている……。乖離している……。

見せられたレントゲン写真では一本が完全に閉塞しており、その横から細い血管が出て、代わりに脳へ血液を送っているように見えた。

ああ、なんということだろう。

次々に襲いくる病の中でも、今回はまさに命に直結したものなのだと感じた。体温が一気に下がったようで震えがからだを駆け抜けた。

「……原因はなんですか」

「それは全くわかりません」

医師の表情は、申しわけないというふうにも見えた。

「これからも、こんなことが起こるんですか」

「ほかの血管に起こるかもしれん。けど、予防のしようがないのが現状や」

この言葉が頭に染みとおるには時間がかかった。私はしばらく押し黙っていたが、どっと不満が込み上げてきた。私はきつい目で先生を見据えて、こう問い詰めた。

「そしたら先生、私、いつ死ぬかわからないね」

「うん、そうだ」

なんて情け容赦ないひどいことを言うんだろう。この胸の苦しさを引きずって、今日か明日かと絶えず死の覚悟をしていなければならないのか。あんまりひどい。残酷だ。

「それだったら先生、私、癌のほうがよかった」

先生は驚いたような目で私を見た。

「なんでや」

「だって、それ、なす術《すべ》がないっていうことじゃないですか。いつまで生きるのかもわからないじゃないですか」

これまでに大変な事態を何度もくぐり抜けて、困難には慣れているつもりだった。けれども今度ばかりは……。自分で何を言っているのかよくわからない。ただ必死なだけだ。

「癌だったら、ある程度はいつ死ぬとかがわかるじゃないですか。期間がわかれば、その中で計画を立てて、やりたいことをやれるでしょう」

先生は黙って私の話を聞いていた。

全く無防備に臨んだ先生との面談で、いきなりこのような告知をされるなんて夢にも思わなかった。今までは医師と一緒に、幾つも幾つも検査を繰り返して原因を突き止め、いつもその向こうに改善策を見つけよう、解決策を探そうと勇気を振り絞ってきたのに、今回はすがるものが何もないのだ。

これまでの病気との闘いは、肉体の痛みやしびれという、具体的で自覚のできる敵が相手だった。その意味では現実的で極めて単純な悩みだった。病気の進行状態も治癒の過程も、私自身が目で見、体感できるものばかりだった。医師には治療を頼り、自分は回復までの道のりを頑張ると、二人三脚の片方の役目を果たしていけばそれでよかった。

ところが、今、私に宣告された病気というのは、形も音もなくいつ爆発するとも知れない爆弾のようなものなのだ。体の一部にではなく、まるごと自分に取り憑いた病魔なのだ。

この見えない敵とどう闘えばいいのか。私は一体、どうしたらいいのだろう。

生きる意味

今度ばかりは私も平静でいられなかった。知らず知らず険しい表情になるのが自分でもわかった。毎日思うのは、

「なんでこんな変な病気に、私は取り憑かれたんや」

それだけである。迫り来る死というものに向き合うことが全くできない。

鬱々とした日がたっていき、そして、ついに「現実」は私をつかまえた。

自分はまったく突然にいつ死ぬかわからない。なんてことだろう。しかし頸動脈が乖離したあの瞬間、私はなぜか死なずに済んだのだ——。

とすると、もしかしたらむしろそれは「奇跡」なのでは……。そう思い至ったのだ。自分にもたらされたのは奇跡なのだ。命の重さがずしりときた。

「そのことに、まず感謝しなきゃいけないんだ」

こう思えた自分が、私はとても気に入った。そして何度も心の中で「よかった」と繰り

返し呟いてみた。

するとと不思議なことに、今まで味わったことのない気持ちが満ちてきて、感動で胸が一杯になってきた。命の限りを意識すると人間の心はこんなに澄んだ心持ちになれるものなのだろうか。それは生まれて初めて知った感覚だった。

こうして「死」を強く意識しだしてからというもの、かえって私は「生」の意味を深く深く考えるようになった。

「私はなんで、あんな危ういところで助かったんやろう」

「なんのために私は生まれてきたんやろう」

過ぎ去った日がふっと浮かんではすぐに消えていく子どもの死、二度の離婚。二人のまだ小さな子どもたちを、女手一つで必死で育てていた日々。両手に食い込む量の食料品を下げて、五人の子どもたちの待つ家へと急いだ夕暮れ。突然降りなぶる雨のように襲いかかった夫の暴力。そして、病院のベッドで、痛みを抱えて眠れず悶々とした長い夜。闘い続けた日々のことが、頭の中を駆け巡る。

離婚した女だからと蔑まれたこともあったが、私はきっぱりとした態度でそういう視線に立ち向かってきた。継母だからという世間の囁きは、血よりも濃《こま》やかな愛があると全身で跳ね返してきた。数え切れないくらい失敗もしたし、なんのために生まれてきたんやろうと思ったことも何回もある。けれど落ち込んでも、私はまた何度でも必死に起き上がってきた。私の心は打たれるほどにかえって強くなった、と自分で思う。そんな打たれ強さが私にはあるが、ときとして憎まれることもあったかもしれない。力づくで私を壊そうとする人もいたが負けなかった。

そんな長年の疲れや無理を重ねたせいか、この年齢になって体のあちこちがひずんで長いベッド生活を余儀なくされたのだったが、一年に及ぶ入院生活は、私が翼を休めるために必要な時間だったのだろうか。来る日も来る日も、ベッドにうずくまり体を丸めて、夜の薄明かりの中でじっと息をひそめていた。そんな私を娘たちが支え、友だちが、先生が、看護師さんや同室の患者さんたちが、みんなで支えてくれた。だから私はもう一度、社会復帰のための助走が始められたのだ。

リハビリ棟では私より何十歳も年上の人生の先輩たちが、懸命になって社会復帰を目指していた。ある人は職場へ、ある人は家庭へ、自分の戻るべき場所に帰ろうと毎日小さな一歩を積み重ねていた。その歩幅はとても小さかったが、みんなの心の奥の願いは燃え盛っていたと思う。

身を削るような努力をしてようやく巣立っていった彼ら。そして私。その先には、一体何が待っていたのだろうか。

今となってわかることは、ただ一つ、その果てには「死」があるということだ。「命」がかかった今、初めて私はだれの前にも等しくある、この現実に気がついた。

思えば、母を送り、父を送る前、一緒に過ごした最後の一時期はかけがえのない尊い時間だった。死に至るそのためだけの「消化時間」ではなかった。人が生きている間は、命を燃やし続ける尊い「時間」があるのだと思う。

それを知った今、私は人のために役立ちたいと強く願うようになった。越えられない試練を神は与えないというが、私はたしかにそれを実感している。悩み苦しんだことは多かったけれど、いよいよ行き詰まったと思えたときに、決まっていつも私にはふっと明るい世界が開けたことを思い出す。苦労も多いが得たものも多い。人生にはなんて無駄がないのだろうと気付かされる。

子どもたちの保育という仕事は、自分や大人や、社会がするべきことは何かと、いつも私に考えさせてくれた。もし、子どもたちにかかわる仕事でなかったら、私はたいして何も考えずに生きてきたかもしれない。若いお母さんたちの悩みに深くかかわったことで、女性や子どもがもっと生きやすい世の中を、と考えるようになった。私生活での苦労はそのまま仕事やカウンセリングに活かされたし、カウンセリングや仕事で学んだことは、そのまま私個人の生き方にも反映されてきた。

人生にはなんと無駄がないのだろう。

安穏とした人生を送っていたら、これほど若いお母さんたちの問題に一緒に寄り添えたかどうかはわからない。子育て観や男女観も違っていただろう。

そう考えると、私のしてきた苦労はすべてひとつの無駄もなく、今の私を作っているのだと思える。すべてが私の肥やしになって今に活かされているのだと思う。

この新たな病気は、私にするべき仕事がまだまだあることを教えてくれた。密度の濃い時間がまだ与えられていることを、私はほんとうにありがたいと思う。

こんなふうに死というものに触れる体験をしたためだろうか、この世にあって、目に見えるものだけではなく、目に見えないものにも、いつしか私は強く心を動かされるようになった。何ひとつ悪いことをしていないつもりでも、生きている限り、だれかを苦しめることもある、という考えも知った。「どう生きるべきか」と、真剣に考えるうちに、今までの知恵や経験では解けないような、自分の中からの問いにもぶつかった。そうして、いつしか信仰を求める気持ちが芽生えてきたのである。

そして私は「幸福の科学」の大川隆法先生の大悟の法に出会った。これによってどれほど助けられたことだろう。仏法真理を学びつつ私は自分らしくこれから人生の総仕上げをしていこうと思っている。

私は人間が大好きで、とくに子どもや女性が大好きだ。子どもから高齢者まで、女性たちの役に立てるような仕事をこれからもどんどんしていきたい。

最近は、男性が抱えている心の問題の深刻さにも関心がある。悩みを打ち明けられずに虚勢を張って一人で行き詰まっていく男性を、見過ごせないと思うようになった。女性だけでなくだれでもみんな受け入れて、これからの自分の仕事の視野に入れていきたい。だれもが生きやすく、人生を楽しめる世の中になるように、私は自分のささやかな力をそのために使いたい。厳しい試練をくぐり抜け、多くの人たちに癒されて、私は生き方のヒントを与えられた。今度は私がそれを世の中にお返しする番だ。

あとがき

現在私は長年の仕事を退職し、まずは体力をつけ維持することに専念していこうと、心がけている。手術以来、三年がたったが、左腕に手を触れるとまだ何枚もの布の上から触られているような感覚が続いている。握力も左は九から十ぐらいしかない。しかし欲を言えばきりがないので、少々の不自由は右手で代行したり他のもので工夫して補えばいいと思っている。

退職したとは言え、世間と没交渉になったわけではない。行政の児童福祉課にいたとき、私が立ち上げたファミリーサポートセンターという事業があるのだが、このセンターに私は援助者として登録し、病気や障害のある子どもの家庭を中心に、母親の外出時などに子どもを預かる手助けをしている。

また、口コミによってネットワークが自然に広がったものか、何人もの人から相談を持ちかけられ、カウンセリングをするそれなりに忙しい毎日を送っている。

体力がついてきた証でもあり、こんなことができるようになって私自身とても嬉しい。

このごろでは、仏法真理を少しずつ学ぶことで、悩んでいる人たちの心の声に耳を傾け、愛をもってその方たちとともに立ち上がる手伝いをするようにしている。また自信をもって自分自身の心の中の声を聞けるようになってきた。ここまで元気になれたのは、私自身ほんとうに奇跡としか思えない。

本書では、次々に私を襲う病魔との闘いもさることながら、ドクターとのインフォームド・コンセントのありよう、頑張ってきた日々、また高齢者の方々との中で学ばせていただいたことを綴った。つねに自分自身との闘いの日々だったが、人から受ける優しさに癒されて少しずつたくましくなれた。ころんでもころんでも起き上がりこぼしのように立ち上がれたのは、この入院体験の中でかかわったすべての方々の力があってこそと、心より感謝している。

最後にM病院でお世話になった小泉先生をはじめ、逢坂先生、高島先生、内藤先生、浜崎先生、川原先生、看護師さん方に深く感謝を申し上げたい。

最後まで読んで下さった読者の皆様に御礼を申し上げます。そして運悪く病気になった方、ケガをされた方々へ。自分の心が負けてしまうと病気には勝てないと思います。心に元気をいっぱい取り込んでください。健康と幸せがあなたとあなたのご家族のものになりますように。心よりお祈りします。

著者プロフィール

長野 千代美（ながの ちよみ）

1945年３月15日生まれ。
1975年４月に箕面市保育所に就職。2003年３月に体調を崩し退職するまで、一貫して障害児童教育に関わり、主任、所長、児童福祉課長補佐、参事(課長級)、障害児通園施設園長、市立保育園の所長などを務める。
このほか、児童の家族などの相談も受け、カウンセリングも学習。

頑張ったやん 真っ暗なトンネルを走り続けて光を見た

2004年3月15日　初版第１刷発行

著　者　長野 千代美
発行者　瓜谷 綱延
発行所　株式会社文芸社
〒160-0022　東京都新宿区新宿1－10－1
電話 03-5369-3060（編集）
03-5369-2299（販売）

印刷所　東洋経済印刷株式会社

ISBN4-8355-7087-1 C0095